AF345318

Le Prisonnier

de l'île aux pécheurs

Du même auteur :
  Genre polar, aventures, romance :
Les Disparues du festival
Suriname Connexion
Les Ailes noires du goéland
Mémoire de glace
Chambre 25
Rédemptions
Un jour, il faut payer…
La Faim des loups (Ce qu'ont dit les loups)
Dramatique Équipée
Où es-tu partie ?

Sous nom d'auteur Jean AREC :
  Genre New romance :
Manon au Cap – 1 – Initiations
Manon au Cap – 2 – Révélations
Manon au Cap – 3 – Jeux de dames à Bora-Bora

ISBN : 978-2-959338-80-9
Dépôt légal : avril 2024
2e édition

 ALADANIS

Contact pour ce livre : adecortes.auteur@gmail.com

V02d 2024-04
1re publication : juillet 2020
Illustration de couverture : 123RF / khuntapol
Autres illustrations : Annie Decortes

Alain DECORTES

Le Prisonnier
de l'île aux pécheurs

Roman

à toutes les lectrices et les lecteurs qui m'ont accompagné sur les réseaux sociaux pendant la diffusion de cette histoire sous forme de roman-feuilleton du 19 mars au 15 mai 2020.

Avant-propos

J'ai écrit les 54 épisodes du roman-feuilleton *Le Prisonnier de l'île aux pêcheurs* au printemps 2020 pendant la période de confinement due à l'épidémie de Covid-19. Je l'ai publié au fur et à mesure de son écriture sur les réseaux sociaux. Ce fut une belle aventure de retrouver chaque jour mes lectrices et mes lecteurs pour un nouvel épisode pendant près de deux mois.

Une fois les rendez-vous quotidiens terminés, de nombreux abonnés ont exprimé le souhait de retrouver cette aventure sous forme de livre.

Les pages qui suivent regroupent donc les 54 épisodes publiés sur les réseaux sociaux. J'ai toutefois procédé à quelques modifications lorsque je l'ai jugé nécessaire. En effet, une écriture au jour le jour laisse parfois passer des lourdeurs de style ou de petites erreurs mineures que j'ai souhaité rectifier.

Pour finir, je me dois d'ajouter ce dernier point désormais habituel : tout ce qui est relaté dans cet ouvrage n'est que fiction. Les personnages et les situations de ce récit étant purement imaginaires, toute ressemblance avec des personnes ou des situations existantes ou ayant existé ne serait que pure coïncidence.

Et maintenant, bonne découverte ou redécouverte du *Prisonnier de l'île aux pécheurs* !

Saison 1

Épisode 1

Bretagne – mercredi 18 mars 2020

À cent kilomètres de chez lui, Bruno Martel roulait vers le mystérieux lieu de rendez-vous. Il savait pertinemment qu'il avait enfreint la règle de confinement instaurée la veille à cause de cette cochonnerie de virus venu de Chine et qui se répandait sur tout le territoire national. En effet, aucun motif impérieux ne justifiait son déplacement.

Le quinquagénaire, pourtant habituellement respectueux des lois, s'était autorisé cet écart à cause de l'enjeu du déplacement : la découverte d'une lettre de Charles de Gaulle à sa femme Yvonne dans une maison de Carantec. La missive était datée du 17 juin 1940.

Le professeur d'histoire qu'était Bruno Martel savait qu'Yvonne de Gaulle était partie de Brest à cette même date pour rejoindre son mari à Londres. La lettre, jamais remise à la destinataire, avait été oubliée et s'était égarée dans le temps. L'histoire était cohérente. Bruno avait donc pris cette découverte très au sérieux.

Cependant, l'individu qui lui avait proposé la rencontre jouait avec ses nerfs. Un premier lieu de rendez-vous où un bout de papier l'attendait et lui indiquait une seconde destination.

Ce jeu de piste insolite aurait dû alerter l'historien, mais porté par sa passion, Bruno Martel ne pensait qu'à la lettre.

Féru d'Histoire depuis son plus jeune âge, il en avait fait son métier. Les plaisantins s'amusaient à justifier cette vocation par son patronyme, allant jusqu'à lui demander s'il n'habitait pas au 732 de la rue de Poitiers.

La voix du GPS annonça :
« Vous êtes arrivé à destination. »
Il eut été difficile d'aller plus loin. La voiture arrivait au bout d'un chemin sans issue. Perdu au beau milieu du bocage breton, Bruno ignorait tout de l'endroit précis où il se trouvait. Il s'était contenté d'entrer dans le GPS les coordonnées géographiques mentionnées sur le bout de papier du premier rendez-vous.

Face à lui, une bâtisse en ruine, un ancien moulin à en croire la roue à aubes délabrée. L'historien descendit de sa voiture et s'avança jusqu'à l'antique construction. Il poussa la vieille porte qui s'ouvrit sans résistance.

– Y'a quelqu'un ? cria-t-il une fois entré dans

la pièce sombre.

Une matraque s'abattit sur sa nuque en guise de réponse.

13

Épisode 2

La musique s'était mise à jouer, très forte, obligeant Bruno à sortir de son sommeil. Il avait encore le visage collé à l'oreiller, mais ne put s'empêcher de murmurer :

– Amicalement vôtre ! Brett Sinclair et Danny Wilde !

C'était plus fort que lui. Quand il entendait un générique, il en donnait le titre, surtout lorsqu'il s'agissait d'une série de l'époque de sa naissance. À cause de ses parents sans doute, des fans des feuilletons télévisés des années 60-70. De *Janique Aimée* aux *Mystères de l'Ouest* en passant par *Belphégor*, il les connaissait tous. Dans son enfance, Bruno avait vu et revu à la télévision les rediffusions des épisodes de ces séries cultes.

Immédiatement après avoir deviné le générique, il prit conscience de la réalité. La douleur derrière la tête d'abord. Il explora son crâne de ses doigts et sentit une bosse au-dessus de la nuque. Malgré le réveil brutal, les souvenirs se firent nets. La lettre de Charles de Gaulle, le rendez-vous, le moulin en ruine et puis le noir complet. La bosse derrière la tête lui fournissait une explication au dernier point : on l'avait assommé au moulin.

Il était couché dans un lit. Il se redressa et constata qu'il était en caleçon. Ses vêtements étaient bien rangés sur le dossier d'une chaise. Où était-il ? La pièce ressemblait à une chambre d'hôtel. En face de lui, une télévision grand écran fixée au mur.

La musique d'*Amicalement Vôtre* continuait à jouer. Pénible, malgré l'attrait qu'il avait pour la série !

Il découvrit une télécommande sur la table de chevet. Il s'en saisit et arrêta la télé.

Bruno sortit du lit. La douleur le rappela à l'ordre. Machinalement, il toucha la bosse de son crâne avant de se diriger vers la porte. Il ne se faisait guère d'illusions, elle devait être fermée à clé. Surprise ! Elle s'ouvrit quand il actionna la poignée. Il remarqua la carte magnétique enfichée dans son support sur le mur ainsi que le boîtier à la place de la serrure. Pas de doute, il était bien dans une chambre d'hôtel. Mais où ?

Il sortit dans le couloir. Les portes étaient

numérotées, il était bien dans un hôtel. Il s'apprêtait à poursuivre son exploration quand il se rendit compte qu'il était en caleçon. Il regagna alors sa chambre pour s'habiller.

Bruno passa devant la fenêtre et tira le rideau. Il constata qu'il était en étage. Une pelouse et des allées s'offraient à son regard. Une forêt au second plan l'empêchait de voir plus loin. Il ouvrit la fenêtre et se pencha pour mieux découvrir l'extérieur, en espérant aussi apercevoir du monde. Mais il n'y avait personne.

Bon, assez tergiversé !

Il referma la fenêtre et attrapa ses vêtements sur le dossier de la chaise. En temps normal, avant de s'habiller, il serait passé par la salle de bains afin de se doucher et se raser. Mais on n'était pas en temps normal !

Le professeur d'histoire quitta sa chambre. Arrivé au bout du couloir, il choisit les escaliers plutôt que l'ascenseur. Le nombre inscrit sur le palier lui apprit qu'il était au deuxième étage. Une fois au rez-de-chaussée, il huma une sympathique odeur de café. Malgré les circonstances, un petit déjeuner serait le bienvenu. Il se laissa guider par l'agréable arôme qui le conduisit jusqu'à la salle à manger de l'hôtel.

Un homme qu'il ne connaissait pas était assis à une table et terminait son petit déjeuner.

– Bonjour Monsieur Martel, le salua l'inconnu en lui adressant un large sourire.

Épisode 3

Enfin quelqu'un ! Prudent, Bruno s'approcha.

– On se connaît ? lança-t-il à l'homme qui l'avait interpellé.

– Non, je ne crois pas.

– Pourtant, vous m'avez appelé par mon nom.

– Simplement parce qu'on m'a prévenu de votre arrivée.

L'échange agaçait Bruno. Que signifiait ce cinéma ? Qui était cet homme ? Celui qui l'avait assommé la veille ?

Il le dévisagea. Une tête de premier de la classe avec ses cheveux coiffés en brosse et ses lunettes à monture noire. Il devait avoir la quarantaine.

Bon, il fallait savoir :

– Qu'est-ce que je fais ici ? Où sommes-nous ? Pourquoi m'a-t-on assommé hier soir ? Où est mon smartphone ?

Coupe en brosse se leva et s'écarta pour éviter que Bruno ne l'approche de trop près.

– Je n'ai malheureusement la réponse à

aucune de vos questions. Commencez par vous servir un café sur le comptoir derrière vous ! Prenez autant de croissants que vous voulez ! Les autres ont déjà déjeuné.

— Les autres ? Quels autres ?

— Écoutez ! On va procéder par ordre. D'abord, je me présente : Jérôme Bellenci, médecin généraliste. Ensuite, dites-moi : quelles sont les nouvelles dehors ? Et le virus ? Le confinement a-t-il été décidé ?

Bruno se demanda si le type ne se fichait pas de sa figure.

— Vous êtes sérieux ?

— Absolument. Je comprends votre surprise, mais sachez que mes dernières infos du monde extérieur remontent à quatre jours quand Ariane est arrivée.

— Qui est Ariane ?

Jérôme s'aperçut qu'il brûlait les étapes. Il rectifia le tir :

— Bruno, s'il vous plaît ! Permettez que je vous appelle par votre prénom. Vous aurez toutes les explications en temps utile. Je vous comprends car je me suis trouvé dans la même situation que vous quand je suis arrivé. C'est compliqué pour moi aussi, alors pour l'instant, je vous demande de me faire confiance. Alors, répondez-moi : le confinement a-t-il été décidé ?

L'historien hésita entre deux attitudes. Envoyer balader le toubib ou entrer dans son jeu pour en savoir davantage. Il était plus un homme de dialogue que d'affrontement. Il choisit la première option.

— Oui, depuis mardi midi, interdiction de sortir de chez soi, sauf avec une dérogation d'ordre professionnel, sanitaire ou alimentaire.

— Je m'y attendais. D'où l'intérêt du test !

— Quel test ?

Il lui expliqua en même temps qu'il alla chercher dans un placard un étui qu'il ouvrit.

— Je dois tester que vous n'êtes pas contaminé. Pour cela, je vais réaliser un prélèvement de cellule dans la partie haute de votre nez.

— Mais…

— Tout le monde y a eu droit, ici. Moi compris.

Bruno hésita un instant, mais conserva la ligne de conduite qu'il s'était fixée. Le médecin s'équipa d'un masque, de gants et chaussa de grosses lunettes par-dessus les siennes. Il sortit l'écouvillon de l'étui et s'approcha du professeur d'histoire. Celui-ci se prêta de bonne grâce au désagréable prélèvement.

Une fois l'opération terminée, Jérôme Bellenci remballa tout son matériel et conclut :

— Je vous remercie. Terminez tranquillement votre petit-déj ! Puis regagnez votre chambre et patientez ! On vous fera signe pour la suite.

Il quitta la salle à manger.

Bruno s'interrogea. Où suis-je tombé ? N'ai-je pas accepté un peu trop vite tout ce que ce type m'a demandé ? D'un autre côté, répondre à une question et accepter le test viral, pas de quoi fouetter un chat !

En même temps qu'il trempait le croissant dans son café, il envisagea les hypothèses qui pouvaient expliquer sa présence forcée dans cet hôtel.

Expérience médicale ? Mais alors, pourquoi lui ? Enlèvement pour obtenir une rançon ? Il n'était pas millionnaire !

Il alla même jusqu'à imaginer des scénarios tirés de films ou de séries : on l'avait isolé pour lui confier une mission secrète… Non, ridicule !

Il voulut connaître le niveau de contrainte qui lui était infligée. Pour cela, il allait lui aussi « les » tester. Il termina d'avaler son café et se leva. Mais au lieu de reprendre les escaliers pour regagner sa chambre, il traversa le hall et se dirigea vers la grande porte. Après tout, rien ne l'obligeait à rester dans cet hôtel.

Épisode 4

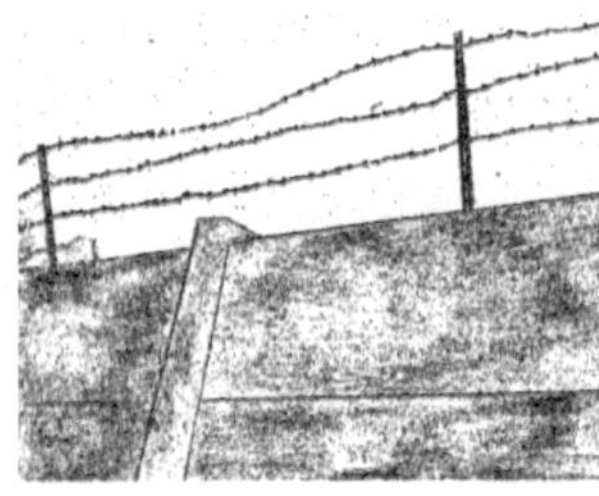 Bruno marqua une pause sur le perron pour observer les jardins, le ciel et la forêt. La température était agréable et le soleil s'apprêtait à réchauffer l'atmosphère. Une belle journée de printemps en perspective.

Il descendit les quatre marches et s'engagea dans l'allée principale bordée par les pelouses avant de s'enfoncer entre les chênes et les châtaigniers. Objectif principal : comprendre ! Était-il toujours en Bretagne ? L'essence des arbres semblait le confirmer, encore que ce type de végétation pût se rencontrer partout sur le territoire français.

Bruno parcourut plusieurs centaines de mètres avant d'arriver face à un immense portail en fer à la hauteur imposante. Les vantaux étaient pleins, interdisant toute visibilité au-delà du domaine. Un rapide coup d'œil à l'interstice entre les charnières et un pilier ne lui apprit rien de plus. L'allée continuait hors de la propriété entre les arbres de la forêt toujours présente.

Le portail ne se montra pas disposé à s'ouvrir quand Bruno essaya de le manœuvrer. Le professeur d'histoire avait pourtant un instant espéré que la serrure se comporterait comme celle de la porte de sa chambre.

Le mur qui s'étendait de part et d'autre n'engageait pas plus à l'optimisme. Quatre mètres de haut, surmonté par du fil de fer barbelé. On se serait cru dans un camp militaire ou dans une prison. Bruno se mit à longer l'enceinte, espérant trouver une brèche. Il abandonna après dix minutes de marche.

Le constat pressenti se concrétisait : il était bel et bien prisonnier !

Réfléchir !

Qui me retient ici ? Pourquoi ? Qui est vraiment ce toubib ? Mon ravisseur ou un individu logé à la même enseigne que moi ? Qui sont les autres, ceux dont il a parlé ?

Les réponses autosuggérées révélèrent uniquement des hypothèses farfelues. Autant attendre la suite des évènements pour en savoir plus.

Il décida donc de regagner sa chambre.

Une fois de retour, il s'imposa un passage par la salle de bain. Première surprise avant de passer sous la douche : à côté du lavabo, il découvrit un rasoir mécanique, une bombe de mousse et une lotion après-rasage. Les mêmes qu'il utilisait chez lui ! Coïncidence ? La douche lui stimula les neurones. À peine rincé, il quitta la cabine, s'essuya sommairement et se précipita dans la chambre sans prendre le temps de s'habiller.

Il ouvrit la penderie. Son intuition était bonne. Il découvrit empilés, pantalons, chemises, slips et tee-shirts. Un véritable trousseau. Il déplia un polo. La taille correspondait à la sienne.

On ne pouvait plus parler de coïncidence !

Il retourna se raser et revint dans la chambre pour passer des vêtements propres. Tant qu'à faire !

Il réfléchit.

Coupé du monde extérieur ? Pas tout à fait, il y a la télé !

Bruno se saisit de la télécommande et sortit l'appareil du mode veille. Le générique d'*Amicalement Vôtre* entendu au réveil s'était tu. L'écran affichait désormais trois icônes en forme de boutons virtuels complétés par du texte :

> *1 – Actualités*
> *2 – Vos favoris*
> *3 – TV*

Avec les flèches de la télécommande, il descendit jusqu'au troisième bouton et sélectionna la fonction. Il avait déjà prévu de zapper jusqu'à une chaîne d'info en continu. Malheureusement, il fut arrêté dans son élan par le message qui s'afficha sur l'écran :

« Fonction momentanément indisponible.
Veuillez réessayer plus tard ! »

Coupé du monde reprenait tout son sens !

Plus qu'à visiter les autres menus. « Vos favoris » lança la vidéo du générique d'*Amicalement Vôtre* qu'il s'empressa d'interrompre. Restait le bouton « Actualités ». Les deux lignes qui suivirent apportèrent enfin quelques informations :

« Bienvenue sur l'île aux pêcheurs. »
« Le résultat de votre test sera disponible à midi. »

À la lecture du texte, un détail lui sauta aux yeux.

Épisode 5

Bruno connaissait enfin le nom de l'endroit où il se trouvait : l'île aux pécheurs. Mais où était cette île ? Au large de la Bretagne ? Seul indice, la végétation. Des feuillus. On était en climat tempéré. Trop vague, malgré tout, pour situer le lieu. En revanche, le détail orthographique était important, à moins que le rédacteur eût commis une faute.

L'accent sur le mot « pécheurs » était un accent aigu, pas circonflexe. Le mot avait une connotation religieuse sans aucun rapport avec la pêche.

Le professeur était passionné de théologie. Il passa rapidement en revue divers épisodes de la Bible. Il défila aussi dans sa tête les évènements de l'Histoire en rapport avec la religion pour trouver un sens à la dénomination du lieu où il était retenu. Les croisades du Moyen Âge, l'Inquisition, les guerres de Religion… Il plongea aussi dans l'univers de ses connaissances historiques et géographiques pour tenter d'en faire sortir une île portant ce nom. En vain.

Il se frotta la tête et grimaça. Il avait oublié sa bosse. Faute d'éléments plus concrets, il préféra interrompre ses réflexions.

Il s'allongea sur le lit et s'assoupit.

La sonnerie du téléphone sur le chevet le réveilla. Quelle heure pouvait-il être ? Il décrocha.

– Bruno ? C'est Jérôme.

Le médecin lui parlait comme s'ils étaient de vieux amis. À croire qu'un test médical suffisait à rendre intime !

– J'ai une bonne nouvelle, poursuivit le praticien. Votre test est négatif. Descendez nous rejoindre à la salle à manger ! Nous avons pris l'habitude de tous déjeuner ensemble.

Deux réponses arrivaient en même temps : il n'était pas infecté par le virus et il devait être midi !

Bruno acquiesça et raccrocha. Il allait peut-être enfin comprendre.

Il avait quitté sa chambre et descendu les escaliers.

Il s'arrêta à l'entrée de la salle à manger et découvrit de loin le groupe attablé. Personne n'avait remarqué son arrivée. Il prit le temps d'observer.

Ils étaient cinq. Deux lui tournaient le dos, mais en face, il reconnut les lunettes et la coupe en brosse de Jérôme Bellenci. À la droite du médecin, une jeune femme blonde. Bruno porta alors son regard sur la cinquième personne assise en bout de table. Il la voyait de profil. Elle était brune, les cheveux mi-longs. Il eut un sursaut intérieur !

Claire ! Claire Masurier, ou plutôt Claire Lachard depuis son mariage.

Comment était-ce possible ?

— Bonjour Monsieur. Entrez, je vous en prie !

Il n'avait pas vu arriver derrière lui l'homme aux allures de maître d'hôtel qui l'invitait à pénétrer dans la salle à manger.

À l'arrivée de Bruno, Bellenci se leva et s'adressa aux convives :

— Je vous présente Bruno Martel. Il est arrivé ce matin et se pose exactement les mêmes questions que nous tous, le jour de notre arrivée.

Il laissa passer le brouhaha de « bonjour » et de « bienvenue » avant de reprendre en désignant la dernière chaise libre :

— Il n'y a personne à cette place. Asseyez-vous !

Le prof d'histoire s'installa. Il avait une multitude de questions à poser, pourtant son attention était totalement captée par Claire, assise en face de lui à l'autre bout de la table. Bruno eut l'impression que celle-ci détournait le regard pour éviter de croiser le sien.

Pendant ce temps, le médecin poursuivait son discours d'accueil en présentant les convives au nouveau venu :

— Honneur aux dames : à ma droite, c'est Ariane, en bout, Claire. Et voici Norbert et Renaud.

Puis s'adressant aux quatre avec une pointe d'humour :

— Quant à notre petit nouveau, c'est Bruno. Vous pouvez lui serrer la main. Son test s'est révélé négatif comme nous tous. C'est pour l'instant le seul avantage que je peux constater de notre captivité.

Pour Bruno, le mot prononcé confirmait, une fois de plus, ses conclusions.

Tous se levèrent et se saluèrent. Claire dut suivre le mouvement. Bruno lui fit la bise.

Elle n'eut pas le temps de s'esquiver. Oh, après tout ! pensa-t-elle.

— Bonjour Claire. Quelle surprise de te retrouver !

Jérôme les regarda.

— Vous vous connaissez ?

— Oui… Un peu… Enfin, ça fait un bout de temps que…, bafouilla Claire.

Un peu ? Tu parles, pensa Bruno. Pourquoi cette soudaine distance ? Il lui demanderait, mais plus tard, pas en public pour ne pas accroître ce surprenant embarras.

Épisode 6

Pendant que l'homme à l'allure de majordome servait le repas, Bruno en apprit un peu plus sur la situation. Ils étaient désormais six. Six personnes venant d'horizons différents qui s'étaient un jour réveillés dans cet hôtel dans des conditions semblables aux siennes.

Après la surprise, il y avait eu le questionnement. Pourquoi étaient-ils ici ? Ils étaient bien traités. On ne leur demandait rien. Ils avaient exploré le vaste domaine de plusieurs hectares sans trouver le moyen de partir, empêchés par l'immense mur d'enceinte. Ils avaient bien essayé d'interroger les autres individus au sort différent du leur : le personnel. Ils les avaient même menacés pour exiger des réponses. Ces trois personnes attachées au service hôtelier restaient muettes sauf pour prononcer les phrases liées à leur fonction. Faute de connaître leurs noms, les premiers « prisonniers » les avaient baptisés par dérision : Scapin pour le « valet » Fiacre pour le « jardinier » et Hercule pour le « colosse » qui jouait le rôle de gardien du domaine. Jérôme l'avait vérifié à ses dépens le jour où il avait tenté d'escalader le mur d'enceinte. Jamais il n'aurait réussi, mais Hercule s'était cependant chargé de le rappeler à l'ordre en l'attrapant par le col pour le remettre dans la direction de l'hôtel.

Pendant le repas, chacun des captifs avait expliqué le contexte de son enlèvement. Les méthodes et les lieux variaient : du somnifère à la matraque, du domicile au « loin de chez soi ».

Rien qui permettait de trouver un point commun entre les six.

Seul le cas de Jérôme affichait une variante. Il avait été le premier arrivant. La voix de la télévision de sa chambre lui avait ordonné de jouer le coordinateur du groupe et d'assurer le suivi médical. Il n'avait pas eu le temps de refuser, sans savoir par ailleurs comment il aurait pu procéder. Une vidéo avait suivi, lui montrant sa femme et son fils de dix ans à la sortie de l'école. Film plein de sous-entendus. Il avait compris la menace et s'était conformé aux ordres.

Bruno les observait tous. Trouver le détail qui les aurait rapprochés ! L'âge ? Certainement pas. Renaud semblait le plus âgé. Soixante ? Soixante-dix ? Sans conteste, Ariane était la plus jeune : la trentaine. Et la plus réservée du groupe. Bien différente de Norbert qui s'empiffrait et ne gardait pas souvent son verre plein. Au passage, le vin, un *Condrieu*, était excellent.

Une réflexion traversa la tête de Bruno. Il s'en ouvrit à ses « compagnons de captivité ».

— Je ne voudrais pas vous effrayer, mais notre situation me fait penser à *Dix Petits Nègres* d'Agatha Christie.

Il fallut faire un rapide cours de littérature contemporaine à Norbert pour lui résumer le roman policier : l'histoire de dix personnages invités sur une île et assassinés les uns après les autres.

— Oui, c'est vrai, réagit Claire qui semblait avoir évacué sa gêne du début de repas. On a déjà échangé sur ce sujet. Il y a d'ailleurs beaucoup d'autres fictions du genre. Des romans, des pièces, des films qui mettent en scène des gens rassemblés en un même lieu sans en connaître la raison. Dans ce contexte, on a aussi évoqué *Huis clos* de Sartre et bien d'autres. Mais ça ne colle pas : si ceux qui nous ont enfermés ici veulent nous tuer, pourquoi prennent-ils autant de soin avec notre santé ? Pour exemple, le test viral de notre arrivée.

Bruno écoutait. Elle n'avait pas tort.

Un doute lui vint. Comment Jérôme Bellenci avait-il procédé pour l'analyse du test ? Il interrogea le médecin.

— Oui, je comprends votre défiance, répondit

le praticien. Sachez que je me suis contenté chaque fois de remettre le prélèvement à Scapin. Le résultat du test m'est revenu quelques heures plus tard par le même canal. En aucun cas, je n'ai eu le moindre contact avec l'extérieur.

Le médecin compléta ses propos en évoquant d'autres hypothèses comme celle d'une étude psychologique à laquelle ils participeraient malgré eux. Tous seraient épiés par des caméras. Leurs faits et gestes seraient analysés.

— La semaine dernière, nous avons fouillé tous les recoins de l'hôtel, sans oublier nos chambres. Bizarrement, le personnel nous a laissé faire. Bilan : aucune vidéosurveillance, à part les deux caméras de l'entrée. Rien de plus normal pour un hôtel.

Les conversations suivantes finirent par mettre Bruno à niveau. Il connaissait désormais dans le détail le fonctionnement de la vie dans l'hôtel, sans toutefois en avoir appris davantage sur les raisons de sa présence dans cette prison dorée.

Lorsque Claire quitta la table, il se précipita vers elle et lui lança une invitation :

— Tu prends un café avec moi sur la terrasse ?

Épisode 7

Sans regret, en raison de la douceur de la température, ils s'étaient installés à une table sur la terrasse. Claire attendait Bruno reparti chercher les cafés à l'intérieur. Le passé défilait dans sa tête.

La première image fut celle du lycée. Bien que le détail fût sans importance, Claire essaya de retrouver l'année. Ça devait être 1985. Elle avait quatorze ans. Elle était entrée en classe de seconde avec un an d'avance. Peut-être la raison pour laquelle elle éprouvait des difficultés à partager les centres d'intérêt des autres filles âgées d'un à deux ans de plus qu'elle. La mode, le maquillage, les garçons, ce n'était pas son truc.

Elle avait tout de même réussi à trouver celle que l'on nomme « la meilleure copine » pour lui confier quelques secrets d'adolescente.

La fin de l'année scolaire approchait quand un professeur d'EPS eut l'idée d'organiser des rencontres sportives interclasses. Claire choisit naturellement le badminton, activité qu'elle pratiquait assidûment depuis la rentrée.

Pour mélanger les classes et équilibrer les niveaux, le prof de gym organisa des tournois en mixte. Et pour éviter tout copinage, l'ordre alphabétique fut retenu pour constituer les groupes. Claire Masurier récupéra pour équipier un élève boutonneux de la classe de seconde A2.

– Bonjour, je m'appelle Bruno. Et toi ? C'est bien qu'on fasse équipe.

Un peu lourd le mec ! Elle se présenta sobrement pour respecter la politesse que ses parents lui avaient enseignée.

– Moi c'est Claire. Seconde A1.

La partie s'engagea. Les deux lycéens n'avaient jamais joué ensemble. Pourtant une connivence sportive s'installa. Chacun sut se placer sur le terrain en fonction de l'autre. Claire était au filet quand Bruno était derrière et vice-versa. Il y avait toujours une raquette pour renvoyer le volant.

L'équipe adverse fut facilement éliminée.

Le duo continua à gagner et se qualifia chaque fois pour le tour suivant.

Le niveau montait au fil des éliminations, et très logiquement, l'équipe Martel-Masurier se fit sortir en quart de finale ! Qu'importe, cette aventure sportive avait créé des liens entre les deux adolescents.

Les jours suivants, ils se retrouvèrent après la cantine pour discuter. Cela commença par les banalités de leur vie de lycéen, comme la liste de leurs profs.

— Tu as qui en Histoire-géo ? avait demandé Bruno qui avait déjà un goût prononcé pour la matière.

— Bobosse !

L'âge où le surnom des enseignants l'emporte sur les patronymes !

— Cool ! Il est super.

— Tu parles, il déteste les filles.

Les sujets se firent ensuite plus sérieux, plus profonds, plus confidentiels.

Au fil des conversations, Bruno prit rapidement la place de la « meilleure copine » dans le cœur de Claire. Les deux lycéens s'entraidaient pour les devoirs, chacun apportant son soutien à l'autre dans les matières où il excellait. L'histoire pour Bruno, l'anglais pour Claire. Vint le temps des confidences.

Chacun voulait refaire le monde à sa façon.

Tous les ingrédients étaient réunis pour que débute un flirt. Étrangement, il n'en fut rien. Les deux lycéens terminèrent l'année scolaire en restant les meilleurs amis du monde.

De retour avec les deux cafés, Bruno sortit Claire de ses pensées.

– Désolé d'avoir été un peu long, mais Renaud et Norbert étaient au bar. Ils ne me laissaient pas partir.

– Qu'est-ce qu'ils te voulaient ?

– Mon avis sur cette étrange situation à se retrouver prisonnier sans savoir pourquoi. Je les ai renvoyés au feuilleton *Le Prisonnier* avec Patrick McGoohan.

– Connais pas.

– Mais si, une série des années 60 !

– Ah oui, j'avais oublié. Tu as toujours été branché par ces antiques feuilletons télé. Désolée, je n'étais pas née, toi non plus d'ailleurs. Et ça parle de quoi ?

– Un agent secret anglais qui est endormi par un gaz anesthésiant dans son appartement. Il se réveille dans un lieu nommé « le Village ». Il est prisonnier, les autres résidents aussi. Tous portent un numéro. Il est le « Numéro 6 ». Et…

Il s'interrompit, interpellé par les derniers mots qu'il venait de prononcer.

Épisode 8

Le « Numéro 6 », le personnage principal de la série *Le Prisonnier* ! Comment ne pas faire le rapprochement ? Bruno était le sixième arrivant sur l'île aux pécheurs ! Hasard ? Il s'en ouvrit à Claire.

— Tu vois des coïncidences partout, répondit-elle. Et puis, tu n'es pas agent secret, à ma connaissance ! Cherche plutôt un moyen de nous faire quitter cette île ! On y a tous réfléchi et on n'a rien trouvé. Toi, l'érudit d'Histoire qui connaît les évasions célèbres, tu ne pourrais pas en transposer une à notre cas ?

Enfin, il la retrouvait expressive, piquante, provocante ! Des traits de caractère qu'elle dissimulait habilement sous un faux air de « excusez-moi de vous déranger ».

— Si on réussissait au moins à contacter l'extérieur, répliqua Bruno. Mais sans téléphone ni connexion internet, il ne nous reste plus qu'à chercher le pigeonnier du domaine.

— Le pigeonnier ?

— Pour accrocher un message à la patte d'un pigeon voyageur !

Elle éclata de rire. Il en profita pour l'observer. Il la trouvait toujours aussi jolie. Ses cheveux bruns mi-longs et ses yeux pétillants lui donnaient un air de Sophie Marceau. Il repensa à l'amour platonique qu'il avait éprouvé pour elle au lycée. Comment avait-il fait pour se contenter d'un tel sentiment ? Pour rester seulement ami avec elle. Pourquoi n'étaient-ils pas sortis ensemble à l'époque, comme la plupart de leurs copains de classe ? Cela restait un mystère.

L'université les avait séparés. Lui était parti en Histoire, elle en Droit, dans des villes éloignées. Ils s'étaient revus épisodiquement jusqu'en 1990 puis s'étaient alors perdus de vue. Bruno l'avait presque oubliée. L'adolescent boutonneux était devenu un beau jeune homme. Il avait pris de l'assurance. Entre la licence et l'agrégation, il avait rattrapé le temps perdu avec la gent féminine en collectionnant les conquêtes.

Elle lui avait donné de ses nouvelles au changement de siècle en lui envoyant un faire-part de mariage.

— On n'a pas encore parlé de nous, lui lança Bruno. Comment va ta petite famille ?

Il avait eu envie de lui dire « toujours mariée ? », mais il s'était retenu.

— Ça pousse : Maxence passe le bac cette année. Emma et Louise ont quitté le collège pour le lycée. Ils me manquent. J'étais en déplacement pour la fondation quand on m'a enlevée. Je ne les ai pas vus depuis plus de quinze jours. Ils doivent se demander ce que je suis devenue. Quant à Daniel, il est toujours à fond dans ses tournois de golf.

Elle était donc toujours mariée ! Pourquoi d'ailleurs s'était-il posé la question ? Daniel Lachard, dit Dan Lachard dans le milieu des golfeurs, le successeur de Tigger Woods d'après les initiés. Bruno s'était toujours demandé pourquoi Claire l'avait épousé. Il n'avait peut-être pas l'objectivité pour en juger.

Le champion de golf avait fait trois enfants à Claire. Il lui avait confié la gestion de sa fondation. Sans doute était-elle heureuse de cette existence dorée.

— Il doit, lui aussi, s'inquiéter de ma disparition, poursuivit-elle. Il a dû tout mettre en œuvre pour me retrouver. Faute de nous évader, j'espère que notre salut viendra de ses actions. Et toi ? Toujours célibataire ?

— Oui, répondit Bruno. Ce qui ne veut pas dire une existence monacale.

Elle baissa les yeux. Elle n'avait pas envie qu'il développât.

Ils glissèrent sur des sujets plus anodins avant que Claire ne prenne la décision de partir :

— Il y a une salle de sport à côté de la piscine au bout du bâtiment en sous-sol. Je m'astreins à faire une demi-heure de gym chaque matin pour ne pas perdre mes bonnes habitudes et garder la forme. Je n'y suis pas encore allée aujourd'hui, alors je dois t'abandonner.

Il avait envie de lui dire : « je t'accompagne. Ça ne me fera pas de mal, à moi aussi, de faire un peu de sport ». Il se ravisa. À quoi bon lui coller aux basques !

– OK. On mange ensemble ce soir ? J'ai cru comprendre que dans le rituel de l'hôtel, seul le repas de midi était en groupe.

– Non, ce soir je préfère dîner seule dans ma chambre.

Là encore, il n'insista pas. Il était évident que les évènements de 2011 avaient laissé des traces.

Épisode 9

Renaud était accoudé au bar. Il observa Norbert passer de l'autre côté du comptoir, tirer une porte et fouiller parmi les bouteilles. Il en attrapa une au fond du rayonnage. Il prit un verre et le remplit.

– Celle-là, je me la suis mise de côté, c'est un *Speyside*, vingt ans d'âge.

Tout en buvant son café, Renaud le regarda vider le verre d'un seul trait.

– Vous supportez ? demanda le sexagénaire. Moi, une dose comme ça et je suis ivre.

– Question d'habitude ! Et puis je n'ai trouvé que ça pour endurer cet enfer.

– N'exagérez pas ! Nous sommes privés de liberté, je vous l'accorde, mais nous sommes traités comme des VIP. Je pense que l'enfer, c'est autre chose.

– Rien à foutre de bien bouffer ! J'veux rentrer chez moi. J'vais pas passer mon temps à attendre pour voir arriver un nouveau tous les trois ou quatre jours. Au fait, t'en penses quoi du dernier ?

Renaud ne releva pas le tutoiement qu'il ne

souhaitait surtout pas instaurer avec cet ivrogne. L'effet du whisky sans doute.

— Le prof d'histoire ? Sympathique. Et vous, qu'en pensez-vous ?

— Pas grand-chose, j'ai rien compris à son histoire de feuilleton télé. Je me demande pourquoi il est là, lui ?

— Parce que vous, vous savez pourquoi vous êtes là ?

— Oh non ! J'ai rien demandé à personne. Remarque, je dois pas beaucoup leur manquer dehors.

— Pourquoi ?

— Personne m'attend : j'ai pas d'boulot. Et toi tu bosses dans quoi ? Tu nous l'as jamais dit.

— Je suis à la retraite.

Il se préparait à esquiver la question sur son métier. Ce ne fut pas nécessaire. La conversation fut interrompue par le professeur d'histoire qui revenait vers eux.

— Te revoilà, on te manque ? lança Norbert avec l'air caricatural de quelqu'un d'éméché.

Il serrait le goulot de sa bouteille posée sur le comptoir.

— Tu bois quelque chose ? poursuivit le buveur de whisky en universalisant le tutoiement.

— Non merci, je reste sur mon café. J'avais juste une question à vous poser : je suis le sixième arrivant. Si j'ai bien compris, le docteur Bellenci a été le premier à se retrouver ici. Mais ensuite, quel a été l'ordre des arrivées ?

— Pour ma part, j'ai été le quatrième, répondit Renaud. Ariane est arrivée juste après moi. Et enfin, ça a été vous ce matin. Pour les trois premiers, je ne sais pas.

Le whisky n'empêcha pas les neurones de Norbert de fonctionner. Il compléta :

— Moi j'étais le deuxième. Après y'a eu Claire.

Il marqua une pause et ne put s'empêcher d'ajouter quelques propos désobligeants à l'égard des deux femmes du groupe :

— Claire, je m'la ferais bien. Elle est restée pas mal pour son âge. Mais j'préfère quand même Ariane. Un joli p'tit bout, Ariane. Vous savez qu'elle est mannequin ?

— Oui, oui, on sait, acquiesça Renaud en s'éloignant.

Il entraîna Bruno avec lui et lui glissa à l'oreille :

— Il vaut mieux le laisser cuver. L'autre jour, j'ai essayé de le raisonner quand il essayait lourdement de séduire Ariane. J'ai manqué prendre son poing dans la figure.

Bruno profita de l'instant pour poser quelques questions complémentaires, puis remonta dans sa chambre.

Il s'allongea sur le lit.

Claire envahit son esprit. Les images de 2011 s'invitèrent à la suite.

Pour chasser cette pensée récurrente, il

alluma la télévision. Pas de message automatique. La sélection de l'icône « Actualités » lui afficha les prévisions météorologiques :

« Beau temps avec toutefois quelques averses éparses à prévoir. »

Et pour la première fois, une information du monde extérieur :

« Depuis le début de l'épidémie, le virus a tué 372 personnes en France. Pour votre salut, restez confinés ! »

La dernière phrase se voulait-elle être de l'humour ? Bruno remarqua aussi le mot « salut ». Avait-il sa connotation religieuse ? L'île aux pécheurs, le salut…

Faute de réponse, il passa à l'icône suivant « Vos favoris ». Il appuya sur la touche et découvrit un épisode du feuilleton *Le Prisonnier*.

Épisode 10

Le générique de fin du *Prisonnier* conclut l'épisode. Bruno restait pensif. Un feuilleton culte, une fois de plus, sûrement pas un hasard ! Ceux qui le retenaient ici le connaissaient bien, à moins que... L'idée d'un complice parmi les captifs lui traversa la tête. Cela s'était déjà vu dans les fictions dont l'histoire ressemblait à ce qu'il vivait. Qui l'avait entendu parler de la série tout à l'heure ? Claire et auparavant Renaud et Norbert. Ariane était aussi passée à côté d'eux pendant la conversation. Donc tous étaient suspects, à part Jérôme.

À moins que l'explication ne fût plus simple : ses ravisseurs connaissaient déjà son goût prononcé pour les feuilletons des années soixante. Son réveil au son d'*Amicalement Vôtre* en témoignait.

La piste se révélait être une impasse. Il était inutile de gamberger davantage. Bruno interrompit le générique et découvrit avec surprise l'intégralité des épisodes du feuilleton affiché en dessous. Finalement, il céda à la facilité et lança la visualisation du premier numéro avec pour objectif : enchaîner quelques épisodes jusqu'au repas du soir. Après tout, s'il était resté chez lui, quelle différence avec dehors ? La population était confinée chez elle depuis mardi !

Bruno flemmarda jusqu'au moment du dîner.

Il descendit à la salle à manger. Il y avait déjà Renaud et Ariane qui s'étaient installés à une table pour deux. On aurait dit un père et sa fille dînant ensemble. Par discrétion, le professeur d'histoire gagna un endroit à l'écart pour prendre place. Sans surprise, Claire était absente. Bruno avait espéré un instant la retrouver malgré son intention de dîner dans sa chambre.

Jérôme arriva et demanda à Bruno l'autorisation de partager sa table. Ce dernier accepta, naturellement.

C'est alors que Norbert débarqua et se rendit directement à la table d'Ariane et de Renaud. Les remarques lourdes et inconvenantes fusèrent.

— Ne devrions-nous pas intervenir ? s'inquiéta Bruno.

— Non, laissez faire, lui répondit le médecin. Ils sont assez grands pour se débrouiller seuls. Ariane affiche un faux air de petite fille fragile.

Elle l'a déjà remis en place plusieurs fois.

— Je ne l'aurais pas cru.

— Un mannequin doit savoir se défendre. Les prédateurs ne manquent pas dans cet environnement.

Il changea de sujet.

— Alors, où en êtes-vous après une journée dans cette prison ?

— Je cherche toujours.

— Et vous trouvez ?

— Pour l'instant, non. Ceux qui m'ont enlevé me connaissent bien. J'ai droit à mes séries cultes à la télé.

— Normal. Moi je suis fou de voile, et la télé de ma chambre m'a déjà proposé les rétrospectives de la *Route du Rhum* et de l'*America's Cup*. « Ils » nous connaissent tous parfaitement.

— Il faudrait trouver le point commun qui nous relie.

— J'y ai déjà réfléchi. Les âges, les statuts, les métiers de chacun sont tous différents. Les villes d'où nous venons aussi. Rien ne nous réunit. Sauf Claire et vous. Apparemment, vous vous connaissiez avant.

— Oui, c'est exact. Mais ça date. Nous avons fréquenté le même lycée. Nous étions amis. Nos chemins ont ensuite divergé. Elle a étudié le Droit, moi l'Histoire. Puis elle a épousé le célèbre golfeur Dan Lachard avec qui elle a eu trois enfants. Et moi de mon côté, je suis resté célibataire. Personne ne voudrait partager ma vie de rat de bibliothèque, de chercheur et d'enseignant.

— Claire est la femme de Dan Lachard ? s'étonna Jérôme. Incroyable ! Et si on l'avait enlevée pour soutirer une rançon à son richissime mari ?

— Oui, pour elle pourquoi pas, mais nous ? En ce qui me concerne, je ne vois pas à qui ils pourraient réclamer de l'argent pour que je recouvre la liberté.

Beaucoup d'autres hypothèses fusèrent jusqu'à la fin du dîner, puis Bruno prit congé du praticien. La nuit tombait. Il sortit dans le jardin. Il voulait vérifier quelque chose.

Épisode 11

De la fenêtre de sa chambre, Claire distinguait la silhouette de Bruno grâce aux candélabres de l'allée.

La lune était dans son dernier quartier. Bruno semblait l'observer.

Claire ne parvenait pas à contenir les souvenirs qui remontaient à la surface. Certains étaient plaisants, d'autres douloureux. Tous la perturbaient.

Le 11 mars 2011 ! Elle s'en souvenait parfaitement. Le séisme et le tsunami qui avait entraîné la catastrophe nucléaire de Fukushima ! Dans les jours qui avaient suivi, elle s'était rendue à Paris pour le compte de la fondation Dan Lachard. Elle et son mari avaient décidé d'apporter une aide aux populations victimes du séisme et du tsunami.

Paris — neuf ans plus tôt, lundi 14 mars 2011, 11h

Claire était furieuse. Elle patientait depuis près d'une heure dans le hall d'entrée de l'ambassade du Japon à Paris. Elle avait normalement rendez-vous à dix heures. Elle était venue spécialement de Vevey pour traiter des modalités de remise du chèque qui servirait à financer des tentes, des médicaments et du matériel de recherche pour les secouristes.

Au bout de deux heures d'attente, on lui fit enfin savoir que, finalement, l'ambassadeur ne pourrait pas la recevoir le jour même. La visite du diplomate auprès du Premier ministre à Matignon durait plus longtemps que prévu et l'obligeait à réorganiser son agenda.

À force d'insistance, Claire réussit tout de même à rencontrer le secrétaire de l'ambassade.

— Pouvez-vous me fixer un nouveau rendez-vous pour cet après-midi ou demain ? lui demanda-t-elle.

— Je vous demande humblement pardon pour ce fâcheux désagrément, chère Madame, répondit l'homme en se penchant avec déférence.

Cette politesse excessive exaspérait Claire. En plus, il y avait urgence. La catastrophe humanitaire était bien là. Impossible de la repousser, elle !

De sa voix nasillarde, le secrétaire lui promit qu'elle serait contactée sous vingt-quatre heures pour un nouveau rendez-vous.

Claire quitta le 7 avenue Hoche et retourna à l'hôtel Bristol où elle avait l'habitude de résider quand elle se rendait à Paris. Un passage par le spa de l'établissement lui ferait le plus grand bien pour chasser les contrariétés. Elle déjeunerait plus tard.

Dans le taxi qui la ramenait à l'hôtel, elle laissa un message à son mari pour lui faire part du contretemps. Sans surprise, elle tomba sur le répondeur. Daniel s'entraînait tous les matins et éteignait toujours son téléphone.

L'envie d'envoyer balader les Japonais et de prendre le premier avion pour Genève lui traversa l'esprit, mais elle se raisonna. Des gens mouraient de l'autre côté de la planète. Elle ne pouvait pas céder égoïstement à un instant d'irritation.

Arrivée à l'établissement du Faubourg Saint Honoré, Claire se précipita dans sa chambre. Elle abandonna son tailleur *Chanel* pour se mettre en maillot et revêtir le peignoir de bain de l'hôtel, avant de se rendre au dernier étage où étaient situés la piscine et le spa.

Une fois dans l'eau bouillonnante, envoûtée par l'odeur des huiles essentielles de lavande, elle laissa son esprit vagabonder.

Quarante ans dans trois jours ! Comme le temps passe ! Et Maxence qui vient d'avoir huit ans et qui nous offre une crise d'adolescence en avance !

Elle adorait sa petite famille.

La jeune femme pensa à Julie en souriant. En

plus de s'occuper du quotidien, la bonne devrait gérer seule les trois garnements une journée de plus.

Tout naturellement, l'image de Daniel s'invita dans la tête de la jeune femme. Elle l'aimait. Il l'aimait. Elle aurait juste voulu que le golf prenne un peu moins de place dans leur vie. Partir ensemble en amoureux. Eux deux, seuls, comme au début de leur mariage. Elle se sentait vieillir. Pourtant à quarante ans, elle avait encore la vie devant elle ! Elle avait déjà eu une belle part de bonheur, elle le reconnaissait, mais elle en voulait encore plus !

Une demi-heure plus tard, elle retrouvait son élégante tenue et gagnait le *Café Antonia*, le bar de l'hôtel. Elle choisit une salade gourmande et s'abstint de commander un dessert pour conserver la ligne. Discipline efficace, en effet. Malgré les trois enfants qu'elle avait eus, elle gardait une silhouette élancée que beaucoup de femmes de son âge auraient pu lui envier.

Après avoir pris un café, Claire remonta dans sa chambre. Elle se jeta sur le lit et alluma la télévision. L'hôtel proposait des films. Elle fit défiler la liste. Pas très récent, tout ça ! Elle en trouva tout de même un qui lui convenait. Il datait de vingt ans, elle l'avait vu et revu à la télé, mais elle l'adorait. Un bon moyen de passer le temps en attendant le coup de fil de l'ambassade.

Elle connaissait le film par cœur et n'avait pas besoin de se concentrer pour suivre l'histoire. Elle relisait en même temps les messages sur son téléphone. Puis elle feuilleta les publicités qu'elle avait remontées du bar. Ne pas gamberger ! Trouver une occupation pour la fin d'après-midi. Pourquoi pas une visite de musée après le film ?

Soudain, l'encart d'un dépliant attira son attention.

Je crois que j'ai trouvé, pensa-t-elle.

Elle regarda l'heure, mit le film en pause et se leva.

Épisode 12

Encore attablés, Ariane et Renaud avaient terminé de dîner, mais poursuivaient tranquillement leur conversation, pas mécontents d'être débarrassés de Norbert parti s'allonger sur une banquette non loin du bar. Quant à Jérôme, il avait quitté la salle à manger juste après le départ de Bruno.

La discussion portait naturellement sur la recherche des raisons de leur enlèvement. Renaud évoquait la piste de la vengeance.

— Chacun d'entre nous devrait passer en revue les évènements de sa vie sujets à règlements de compte, dit le sexagénaire.

— Alors moi, dans mon métier, il y en a beaucoup, répliqua Ariane.

— Je pensais au contraire qu'un mannequin comme vous était un sujet d'admiration.

— Vous rigolez ! Peut-être de la part de ceux qui nous voient défiler ou qui regardent nos photos dans les magazines. Mais entre filles, c'est la guerre ! J'en connais certaines qui se réjouissent sûrement de mon absence. Quant à mon agent, il doit s'arracher les cheveux.

— Vous avez un agent ?

— Oui, c'est obligatoire si on veut percer.

— Excusez mon indiscrétion, mais le bruit court que dans votre métier, pour percer, il faut…

Il hésitait à prononcer le mot. La recherche de la vérité ne l'entraînait-elle pas un peu trop loin ? Ariane lui enleva une épine du pied en terminant la phrase à sa place :

— … coucher. C'est le mot que vous n'osiez pas prononcer ? Je vous trouve bien indiscret.

Elle s'interrogea soudain sur les intentions du sexagénaire. Les sous-entendus rapidement suivis d'une proposition à caractère sexuel, elle avait l'habitude, surtout de la part d'un « vieux ». Et pourtant, s'il savait comme c'était vrai ! Pour elle en tout cas ! Les contrats avec les grandes maisons de couture, elle les avait décrochés en se servant de son corps. Pour améliorer son existence, elle avait même cédé à d'autres hommes, extérieurs au monde de la mode. Dans un contexte différent, elle aurait jaugé les moyens financiers et les relations de son interlocuteur avant de répondre. Elle préféra lui renvoyer la balle :

— Et vous ? Vous avez des ennemis ?

— Certainement. Avant d'être à la retraite, je ne me suis pas fait que des amis dans ma vie professionnelle.

— Vous faisiez quoi ?

La gêne avait changé de camp. Il hésita à répondre. À quoi bon le lui cacher, il n'y avait pas honte à avoir exercé ce métier.

— J'étais psychiatre.

— Ça crée des ennemis ?

— Plus que vous ne pourriez l'imaginer. Les gens que j'ai fait interner, ou au contraire, les assassins reconnus irresponsables de leurs actes suite à mes expertises. Un beau terreau pour développer des appétits de vengeance.

Ariane frissonna. Jusqu'à présent, elle s'était focalisée sur sa captivité. Le mot vengeance sous-entendait des choses plus graves.

—Vous pensez qu'« ils » veulent nous tuer ? demanda-t-elle, inquiète.

— Je n'en sais rien. C'est une hypothèse.

— Mais dans ce cas, pourquoi nous retenir ici ? Il aurait été plus simple pour eux de nous assassiner tout de suite.

— Peut-être veulent-ils nous faire réfléchir à nos actes passés. J'essaie de me souvenir de toutes les choses pas très clean que j'ai pu réaliser dans ma vie et que je pourrais regretter. Et vous ? Vous êtes jeune, mais vous avez sans doute déjà commis des actes que vous regrettez aujourd'hui.

— Non, je ne vois pas.

— Réfléchissez bien. Vous avez fait fantasmer de nombreux hommes. Ça peut se révéler parfois lourd de conséquences.

Quel rapport ? pensa-t-elle. La discussion

devenait pesante. Non, elle ne regrettait rien. Il était temps de mettre fin à la conversation.

— Tout ça ne nous avance à rien, conclut-elle. Je préfère ne pas continuer. Je monte me coucher. Bonne nuit.

Dommage ! Il aurait souhaité poursuivre et la pousser dans ses retranchements. Il reviendrait à la charge, ce n'était que partie remise !

Épisode 13

Bruno observait la lune dans son dernier quartier.

— Il faut toujours viser la lune, car même en cas d'échec, on atterrit dans les étoiles.

Il reconnut la voix de Claire. Il se retourna.

— Oscar Wilde, compléta-t-elle.

Il était ravi de la surprise. Sans doute s'était-il trompé en croyant qu'elle le fuyait. Elle avait certes refusé de dîner avec lui, mais était venue le rejoindre dans le jardin de son plein gré.

— Promenade digestive ? demanda Bruno.

— Et toi ?

— Je cherche des réponses.

— En observant la lune ?

— Et les étoiles aussi. Tu ne crois pas si bien dire.

Il la prit par l'épaule et lui montra le ciel.

— Regarde ! Là, c'est la Grande Ourse et un peu plus bas la Petite Ourse avec l'étoile Polaire. Ça veut dire qu'on est dans l'hémisphère nord.

— Magnifique nouvelle, ironisa Claire. Tu

pensais sérieusement que l'île pouvait se situer dans le Pacifique Sud ?

— Je n'exclus aucune hypothèse. Attends ! Ce n'est pas tout. La lune est dans son dernier quartier comme hier soir en Bretagne où je me trouvais pour récupérer ce foutu manuscrit. Je n'ai pas de calendrier lunaire pour me permettre d'être plus précis, mais je pense que nous ne sommes pas loin de la Bretagne. J'opte pour une île dans l'Atlantique. Il faut qu'elle soit assez grande puisqu'on n'entend pas le bruit de la mer. Au large des côtes galloises ou irlandaises peut-être.

— Alors là, chapeau le prof de géo ! répliqua-t-elle, admirative.

Bruno regrettait seulement de ne pas avoir dans la tête la carte détaillée des îles britanniques. Il était satisfait de ses déductions, même si elles n'apportaient aucune réponse aux causes de leur captivité.

Il observa Claire. Elle semblait réceptive à la conversation. Il lui proposa de marcher un peu dans les allées jusqu'à la fin de l'éclairage des candélabres. Elle accepta.

Ils déambulèrent l'un à côté de l'autre. Ils parlèrent de tout et de rien. Des échanges qui rappelaient la période du lycée. À l'évocation du mémorable tournoi de badminton qui leur avait permis de se connaître, Claire ne put s'empêcher de parler à Bruno de la salle de sport de l'hôtel :

– À côté des bancs de muscu, des vélos et des rameurs, il y a une salle pas très grande mais équipée pour des jeux de ballons et de raquettes. J'ai vu des volants et un filet de badminton. Si ça te dit…

Compliquée cette fille ! pensa Bruno. Le terme de fille était certes inapproprié pour qualifier la presque quinqua. Mais ce soir, il avait retrouvé la lycéenne de quatorze ans, l'amie d'adolescence, alors que quelques heures plus tôt elle lui avait paru fuyante.

Une fois arrivés au dernier candélabre de l'allée, ils firent demi-tour. Ce changement de direction entraîna une interruption dans la conversation. Le duo revint au sujet qui les préoccupait. Bruno se souvint alors que Claire était très croyante. Il lui demanda à brûle-pourpoint :

– Ta ferveur religieuse est-elle restée intacte ?

Il s'aperçut après coup de la rudesse de la question. Le visage de Claire s'était fermé. Elle ne répondit pas.

– Excuse-moi, se reprit Bruno en s'apercevant de la gaffe. Je voudrais juste que tu m'aides à réfléchir sur le sens de l'île aux pécheurs.

– D'accord, je t'écoute.

– Eh bien voilà : mon intuition se renforce. Je suis sûr qu'il y a un lien entre notre captivité et des « péchés » que nous aurions pu commettre. J'ai passé en revue les sept péchés capitaux, les films qui en ont traité et ce que je connais de nous six. La ficelle est un peu grosse, j'en conviens, à moins d'avoir affaire à un fou.

— Oui, d'accord avec toi. Même quand on est très croyant, on ne retient pas les gens en captivité pour leur faire regretter leurs péchés.

— Alors j'ai pensé à des religions que je qualifie de marginales. Le terme est peut-être galvaudé, mais peu importe. J'ai fait des conférences sur l'histoire de l'Église mormone. Certaines pratiques donnent à réfléchir, comme le baptême des morts par les mormons dans le but de les convertir. Il y a aussi l'Église de scientologie, plus une secte qu'une religion, je te l'accorde. Selon elle, l'humain est fondamentalement bon, mais à cause d'un mental irrationnel, il est parfois conduit à mal agir.

— Tu es en train de me donner un cours de théologie, là !

— Pardon, excuse-moi ! Mais t'expliquer tout ça m'aide à réfléchir. Dans le cadre de mes recherches, j'ai appris récemment que des branches dissidentes, encore plus intégristes, avaient vu le jour. Je suis persuadé que c'est dans cette direction qu'il faut chercher !

— C'est complètement délirant, mais très intéressant.

Il ne l'avait pas convaincue, mais comme il le

lui avait dit, en parler l'aidait à réfléchir. Ils arrivèrent au perron. Claire lança une pointe d'humour.

— Je vais aller dormir. Avec tout ce que j'ai à faire demain, je dois me coucher tôt.

Elle ponctua la phrase par un petit rire.

Bruno ne lui laissa pas le choix du bonsoir. Il se pencha vers elle pour lui faire la bise. Cette fois, elle ne chercha pas à s'esquiver.

Épisode 14

Vevey (Suisse)

 Malgré l'heure tardive, la lumière brillait encore dans la luxueuse demeure vaudoise, copie conforme du manoir d'un illustre acteur du cinéma muet.

— Dis papa, t'as des nouvelles de maman ?

Que répondre à Louise qui n'arrivait pas à s'endormir et l'avait appelé ? Daniel Lachard se sentait démuni, tel un père peu habitué à gérer les angoisses de ses enfants. Il répondit par un mensonge sans originalité :

— Elle est en voyage pour la fondation. Ça dure plus longtemps que prévu, mais elle rentrera bientôt.

Il lui parlait comme si elle avait encore sept ans. Mais à quinze ans, Louise n'était pas dupe. Elle avait déjà échangé sur le sujet avec son frère et sa sœur. Et si maman était partie pour quitter papa ? La question taraudait les trois ados.

— Pourquoi elle téléphone pas ? reprit Louise.

Il s'en tira par une nouvelle réponse évasive.

Le temps était peut-être venu d'informer les enfants de la situation. Il prit donc la décision de leur annoncer dès le lendemain matin qu'il était sans nouvelles de leur mère depuis plusieurs jours.

Daniel Lachard souhaita malgré tout une bonne nuit à sa fille et descendit directement à la cuisine. Il avait des consignes à donner à Julie. Inutile de passer voir Maxence et Emma qui ne demandaient rien.

Le lendemain, dès huit heures, il téléphonerait une fois de plus au capitaine Zimmermann. Sans se faire trop d'illusions, l'officier qu'il connaissait bien l'aurait déjà appelé s'il y avait eu du nouveau.

Daniel Lachard s'installa dans un fauteuil au salon et alluma la télévision pour regarder les dernières informations. On parlait de plus en plus de décréter le confinement sur le territoire helvétique, comme en France deux jours plus tôt.

Épisode 15

Bientôt minuit ! Impossible de trouver le sommeil. Trois heures s'étaient déjà écoulées depuis que Claire était remontée du jardin, s'était couchée et avait éteint la lumière.

Elle avait l'impression d'étouffer. Elle repoussa la couette au pied du lit, estimant suffisante l'étoffe de son pyjama pour la protéger de la fraîcheur de la nuit.

Elle s'était longuement remémoré la conversation avec Bruno dans le jardin, s'interrogeant sur les hypothèses qu'il avait émises, surtout celles axées sur la religion.

Pourquoi était-elle descendue le rejoindre ? Peut-être pour chasser le trouble qu'elle avait ressenti à midi, au moment où il était apparu dans la salle à manger. Ou simplement pour savoir si elle pourrait lui parler comme avant… Comme avant le 14 mars 2011. Une fois de plus, les souvenirs défilèrent.

Claire quitta l'hôtel Bristol et monta dans le premier taxi qui attendait devant l'établissement.

– À la Sorbonne, s'il vous plaît ! demanda-t-elle au chauffeur. Je suis pressée.

– Pas d'problème, ma p'tite dame. Juste la Seine à traverser. Vous serez arrivée dans moins de dix minutes.

De toute façon, elle serait en retard, la conférence avait déjà commencé.

Un quart d'heure plus tard, après avoir ouvert son sac aux vigiles et passé le portique de sécurité, elle pénétrait dans le Grand Amphithéâtre de la Sorbonne.

Elle s'installa discrètement sur un banc au sommet des gradins. Cinq orateurs se relayaient sur la scène. Le thème de la conférence était :
« L'Histoire et les dérives des religions »
Un programme qui n'intéressait absolument pas Claire dont le regard observait pourtant attentivement les intervenants.

La jeune femme se trouvait assise trop loin. Elle aperçut une place libre dans les premiers rangs. Elle la gagna discrètement pendant le passage de parole entre deux conférenciers.

Enfin, elle le voyait de près ! Il venait de prendre le micro. À part ses tempes qui commençaient à grisonner, Bruno n'avait pas beaucoup changé. Claire était admirative de l'aisance dont il faisait preuve pour parler, pour expliquer comment l'Inquisition avait pu s'imposer en Europe au XIIe siècle.

La conférence se termina à dix-sept heures. Claire se précipita sur la scène pour retrouver Bruno qui la reconnut immédiatement.

– Claire ! Quelle surprise ! lui lança-t-il avec un plaisir non dissimulé.

Ils s'embrassèrent. Elle le félicita pour sa prestation.

– Tu m'attends ! commanda le professeur d'histoire. J'ai quelques mains à serrer. Notoriété oblige. Je n'en ai pas pour longtemps. Après, on prend un verre ensemble ! D'accord ?

– D'accord !

Une demi-heure plus tard, installés à une table du café *L'Écritoire*, les deux anciens lycéens se racontaient une tranche de dix années d'existence. Ils ne s'étaient en effet pas revus depuis le mariage de Claire.

La jeune femme s'excusa par avance d'avoir peut-être à répondre au téléphone si l'ambassade du Japon l'appelait. Elle en profita pour parler à Bruno de la fondation Dan Lachard.

De son côté, Bruno expliqua que ses

conférences n'étaient qu'un complément à son métier d'enseignant qu'il exerçait toujours.

– Comment se fait-il que tu sois venue assister à la conférence ? demanda-t-il. Tu m'as fait une bonne surprise.

– Un hasard, mentit-elle. Je passais devant la Sorbonne. J'ai vu ton nom sur une affiche, alors j'ai voulu entrer pour t'écouter.

Elle n'allait pas lui avouer qu'en découvrant son nom sur un dépliant à l'hôtel, elle avait été prise d'un fort désir de le revoir. Cependant, elle aurait dû savoir qu'aucune affiche n'était autorisée à l'entrée de la Sorbonne, classée monument historique. Détail que connaissait Bruno, habitué de l'endroit.

Tout en l'écoutant, il l'observait. Elle était magnifique et d'une incroyable élégance avec son tailleur *Chanel*, ses bagues et son alliance sertie d'énormes brillants. Elle est presque devenue trop classe ! pensa-t-il. Cette impression se renforça quand elle lui apprit qu'elle vivait en Suisse, était venue à Paris en avion et résidait à l'hôtel Bristol. Mal à l'aise, il n'osa pas lui avouer que lui était arrivé la veille par le train en seconde classe et avait loué une chambre à l'*Ibis* de la gare du Nord.

Épisode 16

À l'heure qu'il était, l'ambassade du Japon ne téléphonerait plus. Au mieux, ce serait pour le lendemain. Claire se félicitait de son initiative de l'après-midi. Sans la rencontre avec Bruno, elle serait restée dans sa chambre à broyer du noir.

Ils étaient intarissables. Le verre de l'amitié avait duré plus de deux heures. Bruno avait proposé de rester à *L'Écritoire* pour dîner, ce que Claire avait volontiers accepté. Ils avaient encore tant de choses à se raconter.

Les confidences s'étaient réinstallées comme au temps du lycée. Le mojito qui avait précédé le repas avait beaucoup aidé. Claire avait même récidivé. Elle se sentait bien et se laissait porter par cette sympathique atmosphère de retrouvailles.

Bruno était moins serein. Il dévorait Claire du regard. Il la désirait. Pourtant, il se l'interdisait.

Elle lui avait expliqué le bonheur de son couple. Elle avait trois enfants…

Il pensa à sa propre vie amoureuse. Rien de comparable. Sporadique, erratique. Le terme « vie amoureuse » était au demeurant inapproprié. « Assouvissement de besoin charnel » aurait mieux convenu. Et encore, quand il avait le temps, tellement il était absorbé par son métier et par sa passion pour l'Histoire. Il avait d'ailleurs commencé à créer son petit musée personnel en acquérant des manuscrits auprès de collectionneurs dès qu'il avait quelques économies.

Le pire était qu'il avait avoué à Claire tous les détails de sa vie intime. Retour en force des confidences lycéennes ! Quel imbécile je suis ! se dit-il. Sa vie était à des années-lumière de celle de Claire rythmée par les mots famille, couple, valeurs…

Il luttait.

Il lui effleura la main pour lui passer le sel. Geste involontaire ? Il avait envie de la lui prendre et la caresser, mais il résista.

Étrangement, Claire ne jugeait pas Bruno. Il avait choisi une route différente de la sienne. Elle respectait ce choix. Elle aussi était admirative. Le parcours professionnel, certainement ! En effet, pour elle, c'était différent. À la demande de Daniel, elle avait tiré un trait sur sa carrière d'avocate pour être aux côtés de sa famille. La gestion de la fondation n'était qu'un gadget pour s'occuper, mais absolument pas une vocation. Elle pratiquait bien quelques activités récréatives comme le fitness, la poterie et la peinture. Pas de quoi rayonner en société !

Elle aussi était perturbée. Bruno lui avait tenu la porte, avait ramassé son foulard quand il était tombé et il lui parlait avec beaucoup de gentillesse. Des attentions que Daniel n'avait pas montrées depuis longtemps.

Et maintenant leurs mains qui venaient de s'effleurer… Un frisson intérieur l'avait traversée.

Elle réfléchissait trop. Alors pour penser à autre chose, se moquant de l'inconvenance, elle demanda à Bruno de lui remplir encore son verre. Celui-ci l'accompagna et ils trinquèrent une nouvelle fois aux années lycée.

Vers vingt-trois heures, un peu de lucidité rappela Claire à l'ordre.

– Il est déjà tard, je dois rentrer, annonça-t-elle à Bruno. J'ai besoin de faire un gros dodo pour récupérer parce que je crois que j'ai un peu abusé du mojito et du vin blanc. En tout cas, merci. Tu m'as fait passer une excellente soirée. J'ai beaucoup aimé notre conversation.

– Merci à toi aussi, répliqua Bruno. Idem pour moi.

Il avait rêvé à une fin de soirée moins brutale. Mais pouvait-il en être autrement ?

– On va appeler un taxi. Vu l'heure, c'est plus prudent que le métro.

Il régla l'addition et accompagna Claire jusqu'à la station de taxis.

Il lui ouvrit la portière et l'embrassa sur les deux joues. Elle se glissa à l'intérieur de la voiture, puis annonça au chauffeur :

– Hôtel Bristol, s'il vous plaît !

Bruno la regarda une dernière fois. Il avait comme un étrange pressentiment.

Épisode 17

Bruno retint la portière du taxi pour l'empêcher de se refermer. Claire se décala sur la gauche afin de lui laisser la place pour s'asseoir.

— Je t'accompagne jusqu'à ton hôtel.

Il voulut se justifier, mais ne trouva aucune explication à lui fournir. Elle ne lui en demandait pas. Au contraire.

— Merci. Surtout que je me sens un peu pompette.

Dix minutes plus tard, ils descendirent du taxi. Il l'escorta jusqu'au milieu du hall du Bristol.

Elle était arrivée à bon port. À l'intérieur de l'hôtel, elle était désormais en sécurité. Il pouvait la laisser. Pourtant, il n'avait pas envie de la quitter.

Le cliché du « tu m'invites à prendre un dernier verre » lui traversa l'esprit. Non pas avec Claire ! Il ne devait pas !

De toute façon, il n'y avait aucun risque. Ses

principes, ses valeurs… elle refuserait.

L'ascenseur les avait conduits à l'étage. Claire ouvrit la porte de sa chambre avec sa clé magnétique. Bruno entra avec elle.

À l'instant où elle éclaira la lumière du petit bureau, la télévision sortit du mode veille. Le film Ghost[1] reprit à l'endroit où il s'était arrêté l'après-midi même :

Sur fond d'*Unchained Melody*[2], sans la moindre retenue, le réel accompagna la fiction…

---

[1] Film de Jerry Zucker de 1990 avec Patrick Swayze, Demi Moore et Whoopi Goldberg.
[2] Musique du film Ghost interprétée par les Righteous Brothers.

Épisode 18

Clermont-Ferrand – vendredi 20 mars 2020, 1h du matin

Dans son bureau du SRPJ[1], installé devant l'ordinateur, le capitaine Roland Pichat balayait du regard les derniers documents arrivés. Personne ne l'attendait chez lui. Six mois plus tôt, il avait accompagné la délocalisation de son service spécialisé dans les enquêtes sur les dérives sectaires.

Pichat n'avait rien contre les Auvergnats, mais aucun d'eux n'avait pour le moment remplacé ses amis parisiens, à l'exception peut-être de son adjoint le lieutenant Benoît Jiménez. Dès la première enquête, une sympathie s'était installée entre les deux officiers.

Le capitaine de police tentait de faire le tri dans les informations livrées par le nouveau

---

[1] Service régional de police judiciaire.

logiciel. L'application était fantastique, mais un peu trop féconde. Il suffisait de lui fournir quelques noms, quelques mots-clés en rapport avec l'enquête en cours pour qu'elle vous propose une multitude de documents en rapport avec d'autres affaires.

La nouvelle requête soumise au logiciel lui sortit une liste de noms. La plupart étaient sans surprise. Pichat les avait déjà dans le collimateur. Mais une fois de plus, le nom de Bruno Martel apparut dans le haut du tableau. Pourquoi l'application persistait-elle avec cet enseignant apparemment sans histoire ? Pichat l'avait passé au crible la fois précédente : aucun casier et une vie tranquille. Il se passa la main dans ses cheveux frisés. Geste machinal qui l'aidait à réfléchir.

Cette fois-ci, l'officier de police décida d'étudier en détail le dossier de l'individu. Il ouvrit les documents associés à son profil.

Il trouva rapidement le lien avec l'enquête en cours : en 2017, Bruno Martel avait publié une thèse intitulée : *Schisme, hérésie, secte : comment qualifier la dissidence religieuse ?*

L'enseignant pourrait peut-être apporter des réponses à certaines questions que se posait le capitaine de police.

Pichat regarda la pendule : une heure trente du matin. Un peu tard pour téléphoner. En plus, il fallait trouver le numéro. Il l'appellerait dès le lendemain matin à des heures plus raisonnables.

Il se souvint alors qu'il devrait aussi accueillir la nouvelle stagiaire. Il était temps de rentrer se coucher !

Avant d'éteindre l'ordinateur, il ne put résister au besoin de consulter une dernière pièce. Il l'afficha. Un écusson rouge marqué d'une croix blanche indiquait la provenance helvétique du document. Après ça, qui osera dire que la coopération franco-suisse n'existe pas ?

Le logiciel avait dû trouver un rapport avec son enquête pour lui proposer ce document. Roland Pichat s'empressa de prendre connaissance de l'information communiquée par ses homologues suisses :

« Claire Lachard, 49 ans, épouse du golfeur Dan Lachard a disparu de son domicile de Vevey depuis le 6 mars 2020 »

Mais bien évidemment qu'il y avait un rapport avec son enquête !

Épisode 19

Paris — neuf ans plus tôt, mardi 15 mars 2011, 7h30

Les doubles rideaux étaient restés ouverts. La lumière du jour traversait le voilage des fenêtres.

Bruno se réveilla. Il n'avait pas rêvé. Elle était là, couchée à plat ventre dans l'immense lit, à côté de lui, la tête tournée vers lui. Elle dormait encore. Il lui trouvait un visage d'enfant. Il l'observa, la contempla.

Il remonta le drap jusqu'à ses épaules nues pour la couvrir. Il ne voulait pas qu'elle ait froid. Il aurait aimé l'embrasser une fois encore, mais un baiser l'aurait réveillée. Il patienta en repensant à la nuit qu'ils venaient de passer comme de jeunes amoureux fous. Pourquoi avaient-ils attendu si longtemps ? Pourquoi ne pas avoir fait comme les autres ? Il serait aujourd'hui le père de ses enfants !

Le destin en avait décidé autrement. Il arrêta là ses élucubrations. Il était bien placé pour savoir qu'on ne refait pas l'histoire.

Il se contenta de savourer le moment présent.

Claire remua un peu, puis ouvrit les yeux. Elle mit plusieurs secondes à reprendre pied avec la réalité.

Bruno trouva l'instant long. Il se demanda ce qui pouvait bien se passer dans la tête de la jeune femme.

Pendant que les deux paires d'yeux se fixaient mutuellement, une foule d'images défilaient dans chaque tête.

Ce fut Claire qui prit l'initiative de se ruer sur son amant pour l'embrasser. Ils s'enlacèrent puis s'immobilisèrent. Serrés l'un contre l'autre, ils restèrent un long moment sans parler.

Ils prirent le petit déjeuner en amoureux dans la chambre, puis occupèrent à tour de rôle la salle de bain. Bruno passa en second. Quand il revint dans la chambre, il trouva Claire en larmes, étendue sur le lit.

— Qu'est-ce que tu as mon amour ? lui demanda-t-il en l'enlaçant.

Elle le repoussa.

— Ne me touche pas ! Ne m'appelle plus « mon amour » ! Jamais ! Plus jamais !

— Mais… Claire… Je ne comprends pas.

— C'est mal ! C'est mal ce que nous avons fait !

— Mais…

— J'avais bu, tu n'aurais pas dû.

Il trouva la remarque inappropriée. Certes, l'alcool avait peut-être aidé à la venue dans la chambre. Mais plus tard dans la nuit, les effets s'étaient dissipés. Bruno n'avait en aucun cas obligé Claire à se donner à lui. Son corps s'était embrasé et elle n'avait rien fait pour éteindre l'incendie. Et puis, il y avait eu les « je t'aime » échangés avec passion sur l'oreiller.

Non, il ne comprenait pas.

Un embryon d'explication arriva enfin :

– J'aime Daniel. J'aime mes enfants. On n'avait pas le droit.

Il n'en fut pas convaincu.

– Va-t'en ! poursuivit-elle. Je t'en prie, va-t'en !

Le cœur brisé, Bruno suivit l'injonction. Il prit sa veste et retourna vers Claire pour l'embrasser avant de partir. Elle le repoussa.

– Va-t'en, je te dis ! Je ne veux plus te revoir.

Complètement K.O., Bruno la regarda une dernière fois avant de sortir de la chambre.

Dès le lendemain, il lui téléphona. Elle ne répondit pas. Il réitéra chaque jour et lui laissa des messages. Enfin, au bout d'une semaine, elle décrocha.

– Bruno ! Je ne supporte plus que tu m'appelles tous les jours. S'il te plaît, oublie-moi ! Ne me téléphone plus ! Ne cherche pas à me revoir. Je veux tout effacer, même nos années lycée !

Que pouvait-il répondre ? Il la respectait trop pour ne pas lui obéir. Pour lui aussi, c'était dur, très dur. Pas pour les mêmes raisons. Elle lui donna le coup de grâce avec ces dernières paroles :

– J'ai tout avoué à Daniel.

Elle raccrocha.

Bruno avait respecté le souhait de Claire. Jamais, il n'avait cherché à reprendre contact. Ils ne s'étaient pas revus jusqu'à ce jour de mars 2020 où le hasard les avait de nouveau réunis sur cette île.

Île aux pêcheurs – vendredi 20 mars 2020, 2h du matin

Claire ne parvenait pas à chasser les images de 2011. Depuis la veille, Bruno était redevenu réalité. Il n'était plus rangé au rayon des souvenirs. Pourquoi avait-elle éprouvé le besoin de le rejoindre dans les jardins pour parler avec lui ? Elle se l'était pourtant interdit. Elle le regrettait fort et en même temps, elle avait apprécié ce moment.

Claire s'était enfin endormie un peu après minuit, mais s'était réveillée une heure plus tard, taraudée par les mêmes pensées.

Sans en comprendre la raison, elle se mit à pleurer. C'était trop dur !

Tu n'es pas cohérente, se dit-elle. Tu dois

assumer !

Plus facile à dire qu'à faire !

Ça continua de tourner dans sa tête. La « tempête sous un crâne » !

Épisode 20

Île aux pêcheurs – vendredi 20 mars 2020, 8h

Quoique réveillé depuis une bonne demi-heure, Bruno sursauta au démarrage automatique de la télévision. Cette fois, c'était le générique du feuilleton *Ivanhoé*.

Certes, la série était différente de celle du matin précédent, mais la répétition du réveil lui rappela la situation du personnage Phil Connors dans le film *Un jour sans fin*. En d'autres temps, il aurait volontiers regardé le générique d'*Ivanhoé* jusqu'au bout, mais dans le contexte présent, il préféra attraper la télécommande et arrêter la vidéo. Il balaya ensuite les menus pour découvrir de nouvelles informations. À part la météo du jour, il n'y avait rien.

Bruno se prépara rapidement pour descendre au petit déjeuner, pressé non par la faim, mais par le désir de retrouver Claire.

Seuls Jérôme et Norbert étaient présents dans

la salle à manger. Ils terminaient leur café.

— Bonjour. Bien dormi ? demanda-t-il par politesse.

— Oui, répondit Jérôme. Mais, je vous avoue que je commence à m'ennuyer un peu.

— Vous n'avez pas vu Claire ce matin ? interrogea alors Bruno.

Le sourire en coin du médecin en disait long.

— Non, pas encore vue. Elle vous manque ?

Bruno préféra ne pas répondre. Il s'installa et se servit en café et croissants. Peut-être Claire s'était-elle levée plus tôt ? Était-elle déjà partie pour la salle de sport dont elle avait parlé la veille ?

Pendant qu'il s'empressait de déjeuner, Bruno remarqua le manège rituel de Norbert. L'homme passa derrière le bar et sortit de sa cachette l'habituelle bouteille de whisky. Il la déboucha et but une gorgée.

Bruno l'observa. Quelque chose l'intriguait, mais il n'arrivait pas à trouver quoi.

Le café englouti, le prof d'histoire quitta la salle à manger. Suivant les indications enregistrées la veille, il se rendit à la salle de sport. Il avait espéré y trouver Claire, mais tous les appareils de remise en forme étaient libres et personne ne nageait dans la piscine intérieure.

Il décida d'aller prendre l'air dans le jardin pour chasser son idée fixe.

Il faisait frais. La petite brume du matin rendait l'atmosphère humide. La promenade dans les allées en solitaire le stimula pour reprendre toutes ses réflexions en cours. Il réussit enfin à s'affranchir de celles qui concernaient Claire.

Depuis les jardins, il observa l'hôtel. Avec ses deux tours et ses toits en ardoise, la demeure ressemblait à un château miniature au style inqualifiable. Un édifice de la période médiévale remanié à la Renaissance. Difficile à situer : il y en avait tant en Europe. Dans la brume matinale, l'image lui rappelait le Dufy dont il possédait une reproduction dans son salon.

Bruno était allé jusqu'au portail comme la veille. Désormais, il longeait le mur d'enceinte. Il avait parcouru plusieurs centaines de mètres quand un lapin sortit d'un bosquet, traversa devant lui et se glissa sous le mur.

Bruno s'approcha de l'endroit où avait disparu l'animal. Il se baissa et découvrit l'entrée d'un terrier. Il y glissa la main, puis la ressortit. Au moyen de ses doigts, il gratta la terre, ce qui déclencha un petit éboulement.

Il caressa alors l'idée folle de creuser à cet endroit un souterrain sous le mur.

Trouver des outils et revenir de nuit pour ne pas se faire surprendre !

L'espoir de s'enfuir de ce maudit endroit renaissait, même si quitter la propriété ne signifiait pas quitter l'île.

Bruno cacha le trou avec des feuilles sèches et repartit vers l'hôtel.

Après un aller-retour jusqu'à sa chambre pour se rincer les mains, il retourna à la salle de sport. En arrivant, il fut à la fois soulagé et satisfait d'apercevoir Claire. Elle était vêtue d'un justaucorps noir et suait sur un rameur.

Claire lui adressa un simple sourire sans s'arrêter de ramer. Elle se contenta de ralentir le rythme.

— Salut, lui lança Bruno. Je t'admire de t'astreindre à pratiquer ce genre d'exercice de bon matin.

— Tu devrais en faire autant. Non seulement c'est bon pour la forme physique, mais ça aide aussi à se vider la tête.

Finalement, elle s'arrêta de ramer pour boire une petite gorgée d'eau. Bruno l'observa. La figure rouge, les gouttes de sueur, le justaucorps. Il la trouvait désirable.

Non, il ne devait pas !

Il enchaîna pour ne pas se laisser entraîner par des idées insensées :

— Tu as une sacrée condition physique. Je vais prendre une raclée au bad !

— Excuse-moi, répondit-elle. J'ai très mal dormi, alors le badminton, ce sera pour une autre fois. La demi-heure de rameur, c'est juste pour ne pas perdre l'habitude.

– OK, je comprends. On va flâner dans les jardins quand tu auras terminé ton entraînement ?

– Non merci. Désolée. Aujourd'hui, j'ai besoin d'être seule.

Mieux valait en rester là !

Bruno s'apprêtait à repartir, mais auparavant, il avait une dernière chose à lui dire :

– J'ai trouvé le moyen de nous évader !

Épisode 21

Clermont-Ferrand – le même jour, 8h30

— Mes respects mon capitaine ! Lieutenante stagiaire Perrine Vinay. À vos ordres !

Depuis son mètre cinquante-cinq, la petite brune aux cheveux courts et aux yeux bleus se tenait au garde à vous face à son supérieur. Elle conservait toutefois une bonne distance en respect des règles en vigueur dans les locaux depuis que le virus se répandait sur le territoire.

— Bonjour Lieutenante ! répondit le capitaine Pichat. Bienvenue au SRPJ de Clermont-Ferrand. Repos ! Bon, maintenant que les présentations sont faites, on va mettre les choses au point : dans mon équipe, tout le monde se tutoie et s'appelle par le prénom.

— Comme tu voudras, Roland !

Elle comprenait vite !

Le capitaine passa rapidement en revue les points concernant l'intendance et la logistique du service, puis il entra dans le vif du sujet.

— Pour te mettre en jambes, tu vas nous aider

sur une enquête qui piétine. Pour commencer, je vais te donner deux ou trois documents à étudier et ensuite on en reparle.

– Bien mon cap… euh… oui d'accord Roland.

Roland Pichat ouvrit un tiroir et en sortit une chemise cartonnée bien remplie et un livre.

Perrine saisit l'ouvrage en premier et lut le titre de la couverture :

« Soldats de la rédemption »
« par Joseph Johnson »

– C'est quoi ? demanda-t-elle.

Le téléphone les interrompit. Le capitaine regarda l'écran et envoya à la stagiaire Vinay un petit signe qui voulait dire « je suis obligé de répondre », puis il décrocha.

– Salut Benoît. Qu'est-ce qu'il t'arrive ?

Il écouta un court instant la réponse du lieutenant Jiménez.

– Oh, merde ! Et tu ne peux plus marcher ?

De nouveau un silence.

– Bon, ben tiens-moi au courant ! Au fait, je voulais te présenter la nouvelle stagiaire. Elle est arrivée. Tu devras attendre pour la connaître… Comment ?…Tout le contraire : elle louche et elle a des poils qui lui sortent du nez. Bon allez, repose-toi bien !

Il raccrocha. Voyant l'air stupéfait de la lieutenante, il crut bon de commenter :

— Euh… Pour le strabisme et la pilosité, c'était de l'humour.

— Tu fais bien de le préciser, répliqua-t-elle avec un petit sourire. Comme je ne me suis pas rasée ce matin, je l'avais pris au premier degré.

Avec une femme dans l'équipe, il devrait désormais surveiller ses plaisanteries. Il enchaîna plus sérieusement :

— Benoît est coincé chez lui. Au début, j'ai eu peur qu'il ait chopé le virus. Mais non, juste une chute dans ses escaliers, heureusement, si l'on peut dire. Une grosse entorse. Il doit rester chez lui pendant quelques jours.

— Mince alors !

— Je voulais que tu commences en restant au bureau, mais je n'ai pas le choix, tu vas devoir faire du terrain.

Elle afficha un sourire.

— Ce n'est pas pour me déplaire… à condition que tu remontes un peu le niveau de ton humour.

Il sourit à son tour. Elle était directe. Ça lui plaisait.

— Bon, reprenons ! Tu voulais savoir pourquoi je t'ai donné ce bouquin à lire. C'est la bible d'un groupe d'illuminés : Les Soldats de la rédemption.

— Jamais entendu parler !

— Rien d'étonnant. C'est la dernière mode qui

nous arrive des États-Unis. Au départ, les Soldats de la rédemption étaient apparentés à l'Église de scientologie. Ils ont été rapidement exclus de la « maison mère » à cause des dérives dogmatiques qu'ils prônent.

Perrine feuilleta les premières pages. Plutôt indigeste !

— Je ne suis pas trop branché religion, poursuivit Roland Pichat. J'aurais du mal à tout t'expliquer. Le plus simple est que tu parcoures leur bible pour te faire une idée par toi-même.

Perrine fit la moue. Il le remarqua.

— Le contenu du dossier est moins indigeste que les pages du bouquin, tu verras. Une liste d'individus qu'on a dans le collimateur et quelques rapports.

— OK. Je vais étudier tout ça. Et on leur reproche quoi à tous ces gens ?

— Rien pour le moment, sauf des rapports de près ou de loin avec la secte. Mais en Amérique, leurs collègues ont un peu d'avance. Ils sont friands d'un scénario : ils confinent des gens dans un même lieu. Pas très original en ce moment, je te l'accorde. Mais l'objectif n'est pas de les protéger du virus. Ils les rassemblent pour les absoudre de leurs péchés.

— Ça se produit dans beaucoup de religions, répliqua Perrine.

— Oui, sauf que dans le cas des Soldats de la rédemption, les confinements de l'autre côté de l'Atlantique se sont toujours terminés par des massacres.

Épisode 22

Île aux pêcheurs – samedi 21 mars 2020, 2h du matin

Bruno se leva, satisfait d'être resté éveillé. Il attrapa le sac dans lequel il avait rangé la bouteille d'eau, le pain et les morceaux de sucre discrètement subtilisés au moment du repas.

Il prit soin de ne pas éclairer et quitta la chambre dans l'obscurité. Il emprunta l'escalier. Comme prévu, Claire l'attendait au rez-de-chaussée.

Pourvu que le plan, échafaudé le matin même, fonctionne comme prévu !

Tous deux délaissèrent le hall et la grande porte afin d'éviter les caméras de vidéosurveillance et sortirent par la salle de sport. Ils marquèrent une pause avant de se lancer. Pour atteindre la cabane située de l'autre côté du jardin, pas d'autre solution que de traverser la pelouse éclairée par les candélabres.

Le projet était peut-être fou, mais pour Bruno, retrouver Claire, battante et sans état d'âme représentait déjà le début de la réussite.

— Allez, on y va !

La traversée de la pelouse dans la lumière dura une trentaine de secondes. Espérons que tout le monde dorme ! pensa Bruno.

— L'abri de jardin est juste là, indiqua Claire.

Pourvu qu'elle ait vu juste !

Quand, au sortir de la salle de sport, Bruno lui avait raconté la découverte du terrier au pied du mur d'enceinte, Claire avait immédiatement adhéré au projet d'évasion. Selon elle, la cabane de jardin renfermait des outils. Elle avait déjà vu Fiacre les y ranger.

Pour éviter tout risque d'être surpris, Claire et Bruno avaient décidé d'attendre le milieu de la nuit pour tenter leur évasion.

Le petit cadenas ne résista pas. Bruno entra en tâtonnant. Il sélectionna au toucher une pelle et une pioche. Il les sortit et les emporta avec lui après avoir confié le sac de provisions à Claire.

— Qu'est-ce que tu as mis là-dedans ? demanda-t-elle.

— De quoi survivre quand on sera de l'autre côté.

— À condition qu'on trouve rapidement un bateau pour quitter cette île !

— Si on est bien sur une île, rectifia Bruno.

La remarque laissa Claire dubitative.

La lune, toujours dans son dernier quartier,

répandait une lumière juste suffisante à se repérer.

Le prof d'histoire retrouva facilement le terrier du lapin. Il posa la pelle contre le mur et commença à creuser avec la pioche.

Claire le regarda frapper le sol au pied du mur.

Après une dizaine de coups de pioche, il s'arrêta et posa son outil.

— Je vais dégager la terre maintenant, annonça-t-il.

Claire l'avait devancé en attrapant la pelle.

— Pas de raison que tu sois le seul à bosser !

Il ne chercha pas à la contredire. Après tout, cette pause lui permettrait de récupérer avant de reprendre la pioche.

Ils creusèrent et dégagèrent la terre à tour de rôle. Au vu de la vigueur déployée par Claire, Bruno repensa aux séances de rameur qu'elle s'imposait régulièrement. Quelle remarquable condition sportive !

Désormais, le trou était profond de près d'un mètre. Quand Claire eut terminé de dégager les dernières pelletées de terre, Bruno prit sa place et explora à tâtons les fondations.

— Le béton descend encore un peu. Il faut continuer ! On y est presque. Passe-moi la pioche, s'il te plaît !

Tous les deux étaient éreintés, mais satisfaits. Bruno pensait déjà au moment où ils passeraient de l'autre côté.

Tout alla très vite : la lumière éblouissante, le cri paniqué de Claire, l'énorme masse de chair qui tomba sur Bruno et puis plus rien ! Le noir complet !

Épisode 23

Île aux pêcheurs – lundi 23 mars 2020, 11h45

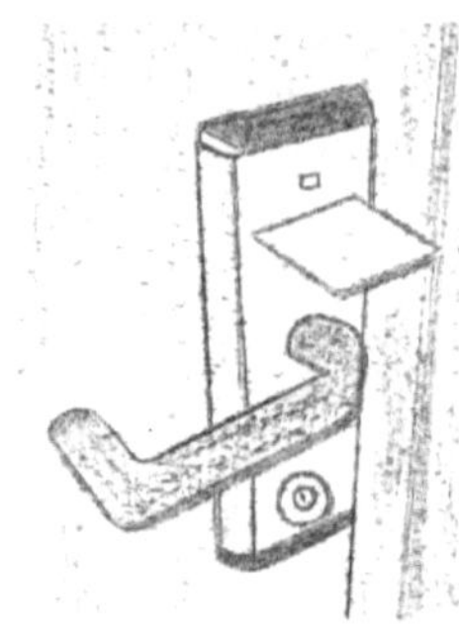

Depuis deux jours qu'il était enfermé, Bruno rongeait son frein. La porte de sa chambre se déverrouillait seulement au moment des repas, quand Scapin lui apportait son plateau. Seule évidence rassurante : on ne voulait pas le laisser mourir de faim.

Et Claire ? Qu'avaient-ils fait d'elle ? Avait-elle aussi été assommée ? Était-elle enfermée dans sa chambre, tout comme lui ?

Bruno repensa à l'évasion manquée. Il était certain que la brute qui s'était jetée sur lui dans le trou était Hercule.

Il se toucha le crâne. Deux bosses en trois jours, cela commençait à faire beaucoup ! Après le trou noir, il s'était réveillé dans sa chambre. Impossible de sortir, sa porte était verrouillée !

Que faire à part attendre ? Regarder la télé ? Malheureusement, le grand écran ne lui proposait aucune série culte ni rien d'autre. Un message explicite avait remplacé celui de bienvenue :

Un seul intérêt trouvé à cet enfermement : les nombreuses recherches dans sa mémoire. *Google*, par les facilités qu'il procurait, lui en avait fait perdre l'habitude.

Le contexte du péché dans les religions. Il l'avait traité dans sa thèse, trois ans plus tôt. Une thèse rédigée tardivement uniquement par passion, en aucun cas par besoin professionnel. Il s'était fait plaisir et surtout il avait beaucoup appris.

Le professeur d'histoire avait déroulé dans sa tête tous les chapitres de *Schisme, hérésie, secte : comment qualifier la dissidence religieuse ?* et était arrivé à la conclusion que lui et ses « codétenus » pouvaient très bien être retenus prisonniers par des intégristes. Il avait en tête le nom de quelques groupuscules prétendus religieux et capables de tels agissements.

Réfléchir, continuer à réfléchir ! Il était certain qu'il allait trouver.

Soudain, il entendit frapper. Il cria « entrez ! » plus par humour nerveux que par conviction.

La porte s'ouvrit. Claire apparut dans l'encadrement.

– Claire ? Comment as-tu fait ? La porte est verrouillée.

– Apparemment plus maintenant, répondit-elle. Tu as donc subi le même sort que moi. Moi aussi j'étais enfermée. Je m'étais résignée, et puis, il y a cinq minutes, j'ai entendu un petit clic. Je me suis précipitée. J'ai pu ouvrir la porte. Je voulais descendre, mais j'ai préféré passer par ta chambre.

– Entre et raconte-moi !

Scénario identique, sauf au début. Claire expliqua :

– Hercule et Fiacre nous ont repérés pendant qu'on creusait. À deux heures du mat', je me demande ce qu'ils pouvaient bien faire dehors. Hercule t'a sauté dessus et t'a assommé. J'ai eu plus de chance que toi. J'ai seulement dû regagner ma chambre sous la menace d'un pistolet.

La suite avait été identique pour les deux : enfermement, message de réprimande affiché à l'écran et plateaux-repas.

– Ça ne te rappelle pas le lycée ? réagit Bruno. La fois où on avait été collés tous les deux par le seul pion qui distribuait encore des heures de colle ?

– Ne plaisante pas, Bruno ! Sérieusement, j'ai peur.

Il avait envie de la prendre dans ses bras pour la réconforter, mais il y renonça. Elle était tellement imprévisible. Il la rassura verbalement. Sans grande conviction : lui aussi n'était pas serein.

Il lui proposa de descendre à la salle à manger pour déjeuner. Il avait deux jours de réflexions à lui livrer. Il le ferait après le repas.

En pénétrant dans la salle à manger, Claire et Bruno arrivèrent au beau milieu d'une altercation. Norbert venait d'avoir un geste déplacé sur Ariane qui ne s'était pas laissé faire en lui retournant une gifle. Norbert s'était emporté. Tous les autres étaient là. Ils essayaient de lui faire comprendre qu'une parole d'excuse suivie d'un retour dans sa chambre serait une bonne chose.

Étonnamment, Norbert se calma et regretta son geste. Il quitta la salle à manger, non sans oublier de ranger préalablement sa bouteille de whisky au fond du placard du bar.

— Heureux de vous revoir tous les deux, lança Jérôme aux arrivants une fois que l'ivrogne eut quitté la pièce.

— Vous savez ce qui nous est arrivé ? demanda Claire.

— Oui. Nous avons tous eu droit au récit de votre escapade ainsi qu'à une leçon de morale par téléviseur interposé.

Jérôme continua :

— Avant le regrettable incident de Norbert, j'étais en train d'expliquer à nos amis que désormais nous étions sans doute au complet.

— Et pourquoi ? demanda Claire.

— Nous sommes lundi. Bruno est arrivé jeudi.

Aucun nouveau pensionnaire aujourd'hui. Comme nous nous sommes tous suivis à quatre jours d'intervalle et en l'absence de nouvel arrivant ce matin, cela veut dire que nous sommes au complet. Mais au complet pour quoi ? Ça reste un mystère. Qu'en pensez-vous, Bruno ?

Bruno n'écoutait pas. Il venait de découvrir le détail qui l'intriguait depuis trois jours et qu'il n'avait pas réussi à identifier jusqu'à présent.

Épisode 24

Tous regardèrent Bruno se lever et passer derrière le comptoir du bar. Il ouvrit le placard et glissa la main au fond du rayon pour en ressortir la bouteille de *Speyside*.

— Qu'est-ce que vous faites ? demanda Renaud.

— Un détail à vérifier et je vous réponds.

Le prof d'histoire resta un instant le dos tourné avant de pivoter pour faire face au groupe. De derrière le comptoir, il montra la bouteille et expliqua sa découverte depuis cette chaire improvisée comme il aurait dispensé un cours à ses élèves :

— C'est le whisky de Norbert. Ce brave garçon s'empresse de le cacher au fond du placard chaque fois qu'il nous quitte. Ne remarquez-vous rien de bizarre ?

En réponse au silence du groupe, il enchaîna :

— Norbert ne peut pas s'empêcher d'en boire une gorgée à chaque parole qu'il prononce. Pourtant le niveau reste toujours le même !

— Mais oui, vous avez raison, manifesta Jérôme.

— Étrange un ivrogne qui fait semblant de boire ! continua Bruno. Approchez Jérôme ! Nous allons trinquer ensemble.

— Mais c'est que…

— N'ayez pas peur, répondit Bruno en remplissant deux verres. Je l'ai déjà goûté pendant que je vous tournais le dos.

L'air peu rassuré, le médecin se rendit au bar. Il saisit le verre que lui tendait Bruno et but une petite gorgée.

Il marqua un silence avant de déclarer à tous :

— Ce n'est pas du whisky, c'est du jus de pomme !

Une discussion débridée s'engagea dans le groupe. Chacun exprimait sa surprise et faisait part de ses commentaires. Une conclusion s'imposa rapidement : Norbert était de connivence avec ceux qui les retenaient prisonniers. Une sorte d'espion, déguisé en ivrogne, pour les surveiller. Sans doute n'aimait-il pas le whisky au point de le remplacer par du jus de pomme. Dommage pour lui : ce détail l'avait trahi.

L'attitude de Norbert envers Ariane restait toutefois un mystère. Il voulait sans doute simplement profiter de la situation en se croyant tout permis avec le joli modèle.

— Venez avec moi, Bruno ! Allons récupérer Norbert dans sa chambre pour lui demander des explications !

Les deux hommes montèrent à l'étage. La chambre était fermée à clé. Ils cognèrent contre la porte sans obtenir de réponse.

— Pas sûr qu'il soit dans sa chambre. Redescendons ! Nous devons tous partir en chasse pour le retrouver. De mon côté, je vais chercher de quoi défoncer la porte.

Cinq minutes plus tard, le plan de bataille était monté. Renaud et Ariane fouilleraient l'hôtel, Claire et Bruno les jardins, pendant que Jérôme chercherait le moyen de pénétrer dans la chambre.

Bruno et Claire parcoururent les allées sans trouver Norbert. Bruno profita de la promenade improvisée pour faire part à Claire des réflexions de ses deux jours d'enfermement :

— Depuis le début, je cherche un rapport entre nous six, ou plutôt cinq. Aucun ! Je suis sûr que nous sommes la cible d'une bande d'illuminés qui nous reprochent des malversations que nous aurions pu commettre, mais sans rapport les uns avec les autres.

— Si au moins, on pouvait savoir ce qu'on nous reproche, répliqua Claire.

— J'ai eu l'occasion d'étudier les méthodes de certaines sectes. On peut tout imaginer : du simple larcin jusqu'au crime. Pour ma part, je n'ai tué personne, mais dans ma vie professionnelle, il m'est arrivé de jouer des coudes pour griller des collègues. Et entre les deux, la liste est longue. Et toi ?

Elle réfléchit. Un peu trop longtemps. Bruno insista.

– Corruption ? Ça t'irait ? finit-elle par avouer.

– Oui.

– J'ai aidé Daniel à percer dans le monde du golf. Pas toujours en utilisant des moyens recommandables. Mais c'était il y a longtemps et je n'ai pas envie de développer.

– OK. Je n'insiste pas.

Ils étaient revenus jusqu'à l'hôtel. La propriété était si vaste qu'ils ne l'avaient que partiellement explorée. Ils contournèrent l'aile sud du bâtiment et virent du monde devant la façade.

Ariane pleurait. Renaud la tenait par l'épaule. Jérôme était accroupi au-dessus d'un corps étendu sur les dalles, celui de Norbert.

Épisode 25

 — Il est mort, annonça Jérôme en se relevant.

Il leva la tête pour regarder la fenêtre du deuxième étage restée ouverte.

— Ce n'est pas très haut, poursuivit-il. Mais quand on atterrit sur des dalles en granit, ça ne pardonne pas.

Claire tourna la tête et s'accrocha à Bruno. Dans d'autres circonstances, il aurait apprécié.

— Que s'est-il passé ? demanda le professeur d'histoire à Jérôme.

— J'ai réussi à trouver un tournevis. Je suis remonté et j'ai forcé sa porte. La chambre était vide, la fenêtre ouverte. J'ai vite compris, malheureusement. J'ai vu Norbert étendu, deux étages plus bas.

Claire quitta le giron de Bruno. Elle voulait être forte et affronter la réalité.

— Il s'est suicidé ? demanda-t-elle.

— C'est une hypothèse, répondit Jérôme. Mais il y en a une autre. On a pu le pousser.

Bruno partageait totalement l'avis du médecin.

— Et bien sûr, tout le personnel a disparu !

ajouta Jérôme.

— Qu'est-ce qu'on va faire ? s'inquiéta Renaud.

— Dans une autre situation, on préviendrait la police. Mais nous n'avons aucun moyen de le faire. Pour l'instant, on va réfléchir et aviser. On ne peut plus rien pour lui. Il faut le couvrir avec un drap ou une couverture en attendant. Je vous propose de nous retrouver à la salle à manger pour une réunion de crise.

En entrant dans l'hôtel, Claire s'arrêta et dit à Bruno :

— Je m'sens pas bien.

Il lui trouva le visage pâle. Elle respirait mal. Ariane ne semblait pas non plus au mieux de sa forme.

Une réunion de crise pour décider quoi ? Rien ! Tous les cinq n'avaient aucun pouvoir sur leur destin. Le « colloque » pouvait attendre un peu.

Bruno interpella Jérôme et réussit à le convaincre qu'un peu de répit pour permettre à chacun de recouvrer ses esprits ne serait pas un luxe. Renaud argumenta dans le même sens. Ariane, elle aussi, souhaitait regagner sa chambre. Finalement, Jérôme approuva.

Claire laissa Bruno lui prendre la main. Celui-ci l'emmena jusqu'à sa chambre. Quand Claire déverrouilla la serrure avec sa carte, le prof d'histoire se rappela la seule fois où il l'avait accompagnée jusqu'à la porte d'une chambre d'hôtel.

Mars 2011 ! Un gâchis ! Et pourtant, le souvenir était encore si fort qu'il ne parvenait pas à l'effacer.

Claire se sentit mal. Il l'aida à s'allonger. Elle lui reprit la main. Des larmes coulaient sur ses joues. Elle pleurait en silence.

— Tu veux que je reste un moment ? lui demanda-t-il.

Il crut nécessaire d'ajouter :

— En ami ! Sois sans crainte !

— C'est trop dur, Bruno !

— Qu'est-ce qui est trop dur ?

— La vie. J'ai peur. Je veux voir mes enfants. Je ne veux pas mourir. Je ne veux pas que tu meures.

— Personne ne va mourir, Claire. On va tous s'en sortir.

Si seulement mentir pouvait la rassurer ! Il n'avait aucune idée de leur devenir. Il se fit violence pour quitter la chambre, mais il y parvint. C'était mieux ainsi.

Il retourna « chez lui », la tête pleine de questions. Il alluma la télé. Pas de générique de feuilleton, il n'en fut pas surpris. À la place s'affichait un inquiétant message :

« Le moment de la rédemption approche. »

Épisode 26

Ariane s'était laissé raccompagner par Renaud jusqu'à la porte de sa chambre.

— Merci, ça va aller maintenant, avait-elle dit au sexagénaire.

— Vous n'avez besoin de rien ? Je peux vous remonter une boisson, si vous voulez.

— Non merci. C'est gentil. Je vais m'allonger un moment et je descendrai rejoindre tout le monde quand ça ira mieux.

Ariane referma la porte et alla s'étendre sur le lit. La mort de Norbert l'avait beaucoup secouée. L'homme lui était profondément antipathique, mais pas au point de souhaiter sa disparition.

Alors qu'elle s'était assoupie, un toc-toc à la porte la réveilla. Scapin entra sans attendre la moindre autorisation. Il apportait une bouteille sur un plateau.

— Qu'est-ce que c'est ? réagit Ariane.

– Vous voudrez bien m'excuser, Mademoiselle. On m'a demandé de vous apporter ceci.

– Vous… vous… vous apportez du champagne alors qu'il y a un mort dans le jardin ?

– Oui, je sais, Mademoiselle. Mais, j'obéis aux ordres. Pour le mort, le jardinier s'en occupe.

Ariane était tellement désorientée par la réponse du domestique qu'elle ne sut quoi ajouter. De toute façon, Scapin était déjà parti après avoir déposé le plateau sur le guéridon.

Une bouteille de champagne, deux coupes et une enveloppe. Elle ouvrit cette dernière, espérant trouver la réponse à ses interrogations. Le texte était court :

« En cet instant, je pense très fort à toi. Je viens te sauver et je veux te faire partager ma joie. Remplis cette coupe, porte-la à tes lèvres et bois, en te souvenant de tout ce qui nous a réunis ! Je viendrai te rejoindre ensuite. »

Elle reconnut la signature.

Ce scénario-mystère la surprit à peine. C'était bien son style. Elle sourit. Elle allait soudainement beaucoup mieux. Elle ne manquerait pas de lui demander le pourquoi de cette mise en scène. La mort de Norbert en faisait-elle partie ?

Pour l'instant, elle voulait seulement se

conformer à l'injonction de la lettre afin que « sa » venue soit la plus rapide possible.

La bouteille était déjà ouverte. Ariane hésita un instant. Boire du champagne alors que quelqu'un venait de mourir était inconvenant, pourtant elle allait le faire parce qu'il le lui demandait.

Elle oublia le mort et prit la bouteille par le goulot pour verser le champagne dans les coupes.

Conformément à la lettre, elle se saisit d'une des deux coupes et la porta à ses lèvres. Elle but une première gorgée en savourant le liquide pétillant. Elle invita les souvenirs dans sa tête pour continuer à déguster l'évocation du passé avant de terminer la coupe et la reposer sur le plateau.

La suite alla très vite. Ariane ressentit d'abord une forte douleur à l'abdomen, puis elle fut prise de violentes convulsions.

Elle se dirigea vers la porte en se tenant le ventre. À peine la jeune femme avait-elle avancé d'un mètre qu'elle s'immobilisa. Une plainte rauque et inarticulée sortit de sa gorge. Ses yeux se révulsèrent.

Ariane s'écroula.

Cinq minutes plus tard, Scapin entrait de nouveau dans la chambre sans avoir préalablement frappé à la porte. Il observa rapidement le corps d'Ariane sur la moquette. De la mousse blanche sortait de la bouche. Il n'eut pas besoin de procéder à une vérification plus poussée. Il enjamba le cadavre pour atteindre le guéridon. Il récupéra le plateau avec la bouteille, les coupes et la lettre. À la place, il déposa un feuillet dactylographié, puis ressortit de la chambre et ferma la porte à clé.

Ariane ne pourrait hélas jamais lire le message placé bien en vue sur le guéridon.

« Le moment de la rédemption est arrivé. »

Épisode 27

Claire quitta sa chambre. Elle prit le couloir dans le sens opposé à son habitude. Arrivée au bout, elle tira la tenture à côté de la grosse armoire pour dégager la porte de service. Elle ouvrit cette dernière et s'engagea dans le corridor qui la conduisit jusqu'à la tour située à l'autre extrémité du bâtiment.

Claire pénétra dans la pièce au bout du couloir.

Il était là. Elle se jeta dans ses bras.

– Oh, Daniel, mon amour ! Si tu savais comme je suis contente de te retrouver, lui dit-elle.

Dan Lachard attendit quelques instants avant de desserrer l'étreinte. Il saisit son épouse par les épaules, tendit les bras et fixa son regard dans le sien, puis lui déclara :

– Reste forte ! Notre rédemption est en marche !

– Oui mon chéri. Mais c'est très dur. Vivement que tout ça soit fini !

– Il n'y en a plus pour longtemps.

— Comment vont les enfants ? demanda-t-
elle.

— Très bien. Julie s'en occupe. Je leur ai dit
que je partais te chercher.

Elle sourit et se serra une nouvelle fois contre
lui.

— Tu dois y retourner maintenant, lui dit-il.

— Oui, mais laisse-moi encore un instant…
Elle hésita avant de compléter :

— Était-ce bien nécessaire pour Norbert ?

— Il le fallait, lui répondit-il sèchement. Il a
failli à sa mission. Il s'est montré trop
désinvolte, a manqué de rigueur et s'est fait
démasquer.

Dan Lachard sortit de sa poche un petit
sachet plastique transparent et le remit à Claire.

— Tiens voici pour toi !

Elle le prit. Il remarqua que sa main
tremblait.

Quelques minutes plus tard, Claire avait
regagné sa chambre.

Elle s'allongea sur le lit et ferma les yeux pour
libérer son esprit. Elle resta ainsi quelques
minutes.

Quand elle se releva, elle avait retrouvé la
force de continuer.

Épisode 28

Dans la salle à manger, les trois hommes passaient en revue toutes les hypothèses au sujet de la mort de Norbert. Aucune n'était satisfaisante. Sans parler du personnel de l'hôtel qui avait subitement disparu et qui épaississait le mystère.

Tout à coup, Claire apparut à l'entrée de la pièce. Elle se tenait droite et immobile.

– Claire ? demanda Bruno en la découvrant. Ça va mieux ?

Elle ne répondit rien, fit demi-tour et s'en alla.

Bruno se leva et tourna la tête vers Renaud et Jérôme avec un air interrogatif.

– Allez-y ! conseilla Jérôme. Elle n'a pas l'air dans son assiette.

Bruno se précipita dans le hall. Claire n'y était plus, elle avait dû remonter dans sa chambre. Il s'élança dans les escaliers.

Il ne s'était pas trompé. La porte était ouverte, Claire se tenait debout face à la fenêtre. Elle lui tournait le dos.

Bruno voulait comprendre et l'aider. Faisant fi de toute la retenue qu'il s'était jusqu'alors imposée, il se plaça derrière elle et lui saisit les bras au-dessous des épaules. Il attendit. Elle ne se dégagea pas.

— Ne crois-tu pas qu'il serait temps que l'on parle franchement ?

Elle se retourna. Une larme lui coulait sur la joue.

— Oui, tu as raison. C'est peut-être le moment, répondit-elle.

Elle s'éloigna de lui pour poursuivre.

— Quand je t'ai revu. Je croyais que ce serait simple. J'ai repensé au lycée et… au reste.

— N'aie pas peur des mots, Claire. Le reste c'est quoi ?

— Tu le sais bien : notre nuit à Paris en 2011.

— Et alors ?

— Et alors, je n'arrête pas d'y penser. Tu crois que c'est bien ce que nous avons fait ?

— Moi aussi, j'y pense. Je pense surtout au bonheur que nous avons vécu cette nuit-là.

— Non, tais-toi. C'est pas aussi simple que tu le dis ! C'est même très compliqué !

Elle s'approcha de la table. Bruno remarqua seulement à cet instant la bouteille de jus d'orange et les deux verres à côté de la lampe d'appoint.

— C'est toi, Claire, qui es compliquée, répliqua Bruno.

Il n'aurait pas dû être si direct, mais il était

trop tard. Il craignait une réaction qui aurait fait capoter la conversation. En l'absence de réponse, il choisit de poursuivre sans mâcher ses mots :

— Je vais être franc avec toi et te dire ce que je te cachais parce que je croyais ainsi te protéger. Alors voilà : nous sommes prisonniers d'un groupe d'illuminés qui a décidé de nous tuer. Nous allons tous y passer. Norbert était certainement le premier sur la liste. Au vu de cet avenir sombre qui nous attend, le moment est peut-être venu d'être sincères sur nos sentiments l'un envers l'autre.

— Non tais-toi, s'il te plaît ! Je ne veux pas en parler. Quant à notre captivité, tu as l'imagination trop fertile.

— Non, Claire ! À force de réflexions, de recoupements et du souvenir de ma thèse, maintenant, je les ai identifiés. Ils s'appellent les Soldats de la rédemption. Ce sont des fanatiques qui pensent que pour absoudre leurs péchés et obtenir la rédemption, il faut anéantir tout ce qui en est à l'origine. Détruire des objets et même des hommes. Ce sont des déments. Nous avons certainement commis dans notre vie des actes répréhensibles en rapport avec ces exaltés. C'est pour ça que nous sommes condamnés à mort. Je me fiche de mourir, mais toi, je veux que tu vives !

Claire posa la bouteille qu'elle venait de prendre et se précipita dans les bras de Bruno.

Elle fondit en larmes.

– Pourquoi tu dis ça ? C'est trop dur !

– C'est hélas la vérité et je ne vois malheureusement pas le moyen de leur échapper.

Claire était dévastée. Elle devait se libérer de cette étreinte dans laquelle pourtant, elle se sentait si bien malgré les circonstances.

Je ne dois pas l'écouter, sinon je ne pourrai jamais ! Il se trompe. C'est moi qui ai raison. Ne pas rester dans ses bras ! Être forte !

Elle réussit à se ressaisir et retourna vers la table.

– J'ai soif, dit-elle en remplissant un verre de jus d'orange. Oui, tu as raison. Je suis trop compliquée.

Étonnamment, elle avait quitté son état d'émotion extrême. Bruno s'en félicita.

– Tu trinques avec moi, lui dit-elle en remplissant le second verre. Même si ce n'est pas du champagne ?

Il lui sourit en guise d'acquiescement. Il n'avait pas remarqué le petit sachet à peine dissimulé par la lampe d'appoint.

Au fond du verre, la poudre blanche se dilua dans le jus d'orange.

Bruno se saisit de la boisson que lui tendait Claire. Les deux verres s'entrechoquèrent.

– À nous deux ! lança Bruno avec ces trois mots remplis d'ambiguïté.

Épisode 29

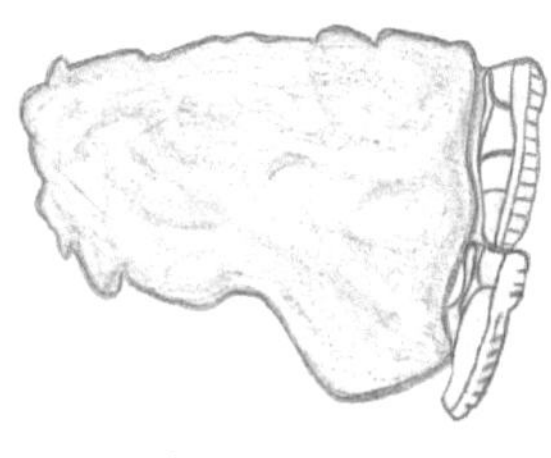 Claire regarda une dernière fois le corps de Bruno étendu sur la moquette près de la fenêtre, le verre vide à côté de lui.

Trouver quelqu'un au plus vite !

Jérôme ? Impossible, il est à la salle à manger avec Renaud, le suivant sur la liste. Scapin ? Il faut trouver Scapin. J'espère qu'il est à l'étage. Pas de risque de croiser Ariane, elle doit être morte à l'heure qu'il est.

Claire parcourut le couloir sans trouver Scapin. Elle allait descendre jusqu'à la cuisine en empruntant l'escalier de service, quand elle vit arriver l'employé. Elle l'appela et l'entraîna jusqu'à sa chambre. Elle ouvrit la porte et lui demanda d'entrer avec elle.

— Ne l'emmenez pas tout de suite ! Je vous expliquerai pourquoi. Prévenez seulement mon mari que j'ai terminé !

En même temps qu'elle parlait, elle arracha la couette du lit pour recouvrir le corps.

– Je suis obligée. Je ne peux pas supporter de le voir ainsi.

Fort de sa discrétion professionnelle, Scapin n'émit aucun commentaire.

– Vous n'avez plus besoin de moi, Madame ?

– Non, enfin, si… Je ne peux pas rester ici… avec lui. Allez me préparer la chambre bleue dans la tour sud. Elle est isolée. Je veux m'y installer et prier.

– Bien Madame !

Claire regarda partir Scapin. Elle sortit à son tour en tirant la porte derrière elle.

Elle pensa à ses enfants.

Maxence, Emma, Louise ! Vous reverrai-je un jour après ce que j'ai fait ?

Elle imagina la suite. Plus rien ne serait comme avant. Elle espérait ne jamais avoir à regretter son acte. De toute façon, il était trop tard. Elle assumait.

Fin de la saison 1

SAISON 2

Épisode 30

Île aux pécheurs – le même jour (23 mars 2020)

Claire s'assura que Scapin avait bien repris l'escalier avant de retourner dans sa chambre. Elle referma la porte derrière elle et la verrouilla, puis se dirigea vers la fenêtre.

Elle retira la couette qui recouvrait Bruno.

— Il est parti. Tu peux te relever maintenant.

Bruno se mit debout.

— Éloigne-toi de la fenêtre ! lui dit-elle. On ne sait jamais.

Elle avait tenu bon jusqu'à cet instant-là, sans rien faire paraître de ses émotions à Scapin. Mais désormais, c'était trop. Elle éclata en sanglots et se jeta dans les bras de Bruno.

— Pourquoi ? Pourquoi n'ai-je pas réalisé avant ? dit-elle en sanglotant contre la poitrine de celui qu'elle avait voulu empoisonner cinq

123

minutes plus tôt. Daniel va me tuer maintenant. Mes enfants, mes enfants, jamais je ne les reverrai !

Bruno la laissa pleurer en la serrant très fort, espérant lui donner un peu de réconfort.

Il était loin d'avoir tout compris. Il avait encore en mémoire le moment où il avait failli mourir, quand il avait porté le jus d'orange à ses lèvres. Les mots prononcés par Claire lui résonnaient encore dans la tête :

— Bruno, ne bois pas ! C'est du poison !

Elle avait accompagné ses paroles d'un violent revers de la main qui avait envoyé le verre sur la moquette. Bruno n'avait pas eu le temps de demander la moindre explication.

— Allonge-toi par terre ! lui avait-elle ordonné. Comme si tu étais mort, ton visage contre la moquette. Je vais revenir avec Scapin pour qu'il soit témoin. Surtout, tu ne bouges pas, tu es mort !

Il s'était exécuté, renvoyant les questions à plus tard.

Maintenant qu'elle était revenue, il aurait voulu autant la remercier que comprendre.

Claire s'était ressaisie. Avec beaucoup de difficultés, elle avait réussi à évacuer ses émotions. Elle décolla sa tête du torse de Bruno et essuya ses larmes. Elle devait de nouveau être forte pour qu'ils s'en sortent.

– On attend deux minutes, dit-elle. Le temps que Scapin se rende à la tour et nous laisse la voie libre.

– Qui a voulu m'empoisonner ? demanda Bruno.

Elle ne répondit pas exactement à la question.

– Les Soldats de la rédemption. Tu avais vu juste, Bruno. Tes déductions étaient bonnes.

– Jérôme ?

– Oui, Jérôme, ainsi que Norbert et les domestiques. Daniel, mon mari aussi. Ce sont des fous… et j'en fais partie !

– Non ! Pas toi, Claire ?

– Si ! Ou tout du moins, jusqu'à tout à l'heure, quand j'ai refusé de t'empoisonner et compris que je faisais fausse route. Grâce à toi, Bruno. Tu m'as ouvert les yeux. Je suis sortie de ma léthargie. Mais en même temps, je me suis condamnée… en toute connaissance de cause.

Elle s'interrompit. Ça ne servait à rien de se morfondre.

– Bon, il faut y aller maintenant ! reprit-elle avec détermination.

Bruno était sous le choc. Heureusement qu'il avait étudié cette secte, sinon jamais il n'aurait cru à tout ce que Claire lui racontait.

– OK, je te suis. Je ne sais pas où tu m'emmènes, mais j'irai jusqu'au bout du monde avec toi.

Elle n'en attendait pas tant, mais ces mots lui allèrent droit au cœur.

— Et Renaud et Ariane ? continua-t-il.

— Des victimes expiatoires comme toi. Ariane est morte tout à l'heure, empoisonnée par Daniel. Renaud, c'est prévu pour ce soir.

— On ne peut pas les laisser tuer Renaud. Il faut le récupérer.

— Tu ne crois pas qu'on a assez à faire à essayer de nous sauver tous les deux ?

— Claire ?

— Oui.

— On ne peut pas.

Elle réfléchit.

— OK. On passe par sa chambre, s'il y est, on l'emmène avec nous.

Bruno ne demanda pas de développer le « sinon » qu'elle avait omis. Mieux valait pour la vie du sexagénaire que ce dernier soit remonté dans sa chambre.

— Dis-moi juste une dernière chose ! continua-t-il. Et après, je ne te pose plus de questions. Quel était le péché que tu devais effacer en m'éliminant ? Celui commis pour avoir dérangé les Soldats de la rédemption quand j'ai publié ma thèse ?

Il connaissait parfaitement les méthodes de la secte et leur complexité pour les avoir étudiées, mais il ne trouvait pas l'élément le plus simple. Celui qui pourtant aurait dû l'aveugler.

— J'ai trompé Daniel avec toi. En te tuant,

j'effaçais ce péché et j'obtenais ma rédemption.

C'était dit froidement, mais c'était dit.

– Maintenant, plus de questions ! conclut-elle. Suis-moi !

Il lui obéit. Il ignorait où elle l'emmenait, mais il n'avait pas d'autre choix que de lui faire confiance.

Épisode 31

Les deux hommes suivaient Claire en rasant les murs. Bruno était soulagé d'avoir trouvé Renaud dans sa chambre. Ça n'avait pas été facile de convaincre le sexagénaire. Mais après un minimum d'explications : la mort d'Ariane une heure plus tôt et la sienne prévue pour le soir, il s'était décidé à les suivre.

Le trio était descendu jusqu'au sous-sol dont Claire possédait la clé. Au bout d'un couloir, il avait abouti dans un garage où était stationnée une Mini Cooper cinq portes de couleur beige.

Claire ouvrit la portière côté conducteur et s'installa au volant.

— Montez ! ordonna-t-elle aux deux hommes.

Bruno prit place à l'avant, tandis que Renaud s'installait sur la banquette arrière.

— C'est ta voiture ? demanda Bruno.

— Oui.

Renaud, remis de sa surprise, posa une question plus pragmatique :

— Vous avez le moyen de nous faire sortir d'ici ?

– Oui.

Elle avait déjà mis le moteur en marche. Elle attrapa la télécommande dans le vide-poches de la console centrale et pressa le second bouton. Le portail devant eux s'ouvrit.

La Mini sortit en trombe du garage. Elle traversa la cour et rejoignit l'allée principale. Arrivée au portail de l'enceinte, elle ralentit.

Claire manipula une nouvelle fois la télécommande. Les lourds vantaux s'ouvrirent.

La facilité avec laquelle ils franchirent l'enceinte du domaine fit mal à Bruno. Il repensa au projet d'évasion ratée quand ils avaient creusé sous le mur. Claire l'avait hypocritement aidé alors que sa télécommande aurait suffi pour ouvrir le portail. Elle s'était bien moquée de lui. C'était certainement elle qui avait informé ses compagnons du projet d'évasion. Bruno avait enfin l'explication de l'arrivée soudaine d'Hercule à qui il devait la seconde bosse de son crâne. Claire et son sbire l'avaient ramené et enfermé dans sa chambre. Contrairement à ses dires, Claire n'avait sûrement pas été cloîtrée comme lui pendant deux jours.

Il aurait dû lui en vouloir. Mais il avait étudié les procédés utilisés par les Soldats de la rédemption pour conditionner les adeptes. De véritables lavages de cerveau pour leur retirer tout libre arbitre.

Au contraire, il était admiratif : elle avait dû

faire preuve d'une volonté phénoménale pour réussir à s'affranchir de son conditionnement. Mais malgré la détermination qu'elle affichait, il savait qu'elle était encore fragile et qu'il devrait la protéger contre elle-même.

La Mini filait bon train sur la petite route au milieu des bois. Renaud intervint alors pour poser une question évidente :

— Comment allez-vous vous y prendre pour nous faire quitter l'île ?

— Nous ne sommes pas sur une île, répondit Claire. L'île aux pécheurs était juste un symbole pour l'expiation des péchés. Nous sommes en plein centre de la France, dans le département de la Creuse en limite du parc naturel des Millevaches. Le domaine où vous étiez retenus était encore un hôtel de luxe l'année dernière avant que mon mari ne l'achète.

Épisode 32

 – Où va-t-on maintenant ? demanda Renaud depuis la place arrière de la Mini Cooper.

– Il faut trouver une gendarmerie au plus vite, répliqua Bruno. Claire, tu sais où…

Il s'arrêta au milieu de la phrase quand Claire donna un coup de volant pour prendre un chemin de terre sur la droite. Une fois à l'abri des regards, elle arrêta la voiture sans couper le moteur.

– Qu'est-ce que tu fais ? reprit Bruno.

Elle garda les mains sur le volant et y appuya sa tête.

– J'ai besoin de réfléchir.

Elle resta silencieuse pendant une trentaine de secondes. Les deux hommes respectèrent cette pause et patientèrent. Enfin, elle releva la tête :

– Pour la gendarmerie, on est dans un coin perdu ici. À mon avis, il faut aller à Aubusson ou à Ussel. Je vais vous y déposer.

– Comment ça, nous y déposer ? réagit Bruno. Et toi ?

— J'ai renié un serment en refusant de t'empoisonner, Bruno. Et je me suis enfuie avec vous deux. Par ces actes, j'ai signé mon arrêt de mort. De par ta thèse, tu connais aussi bien que moi les Soldats de la rédemption. Je les ai trahis. Tu sais ce que ça veut dire. Je ne sais même pas si Daniel prendra ma défense.

Bruno l'écoutait. Elle avait entièrement raison.

— Ne risquons-nous pas la même chose que vous ? demanda Renaud.

— Non, je ne pense pas. Pas pour l'immédiat en tout cas. Votre élimination est devenue secondaire. D'ailleurs, pour vous Renaud, Daniel ne m'a jamais dit exactement quel péché il avait commis avec vous.

— Vous êtes l'épouse de Dan Lachard, le golfeur ?

— Oui.

— Je crois que je commence à comprendre. Il y a longtemps, quand Dan était encore célibataire, je l'ai aidé à détourner des fonds. Mais c'est de l'histoire ancienne.

— Chez les Soldats de la rédemption, il n'y a pas de prescription. Bon, assez discuté, maintenant ! Je vous emmène jusqu'à une gendarmerie.

Tout en parlant, elle avait enclenché la marche arrière. La Mini retrouva le bitume et reprit la route.

— Et vous qu'allez-vous faire ? demanda

Renaud.

– Je vais me cacher, répondit Claire.

– Où ?

– Je ne sais pas encore. Mais je préfère ne pas vous le dire. Les gendarmes vont vous interroger et il y a des « Soldats » partout. Je ne veux pas prendre de risque.

Quelle abnégation, pensa Bruno. Mais pour lui, laisser Claire se débrouiller seule après ce qu'elle venait courageusement de réaliser, c'était faire preuve d'un égoïsme inadmissible. Sans parler des autres raisons plus profondes !

– Après tout ce que tu as fait pour nous, il est hors de question de t'abandonner à ces fous ! lui lança Bruno.

– Il a raison, confirma Renaud.

Claire ne savait plus. Ussel était à une trentaine de kilomètres, ça laissait un peu de temps pour réfléchir. Elle alluma l'autoradio.

Le flash de *France Info* répétait les chiffres de la veille : depuis le début de l'épidémie, en France, le virus avait provoqué six cent soixante-quatorze décès à l'hôpital.

La longue litanie des chiffres se poursuivit. Puis le journaliste de la station rappela les règles de confinement en vigueur depuis la semaine précédente.

La Mini avait rejoint la départementale 21 sans avoir croisé une seule voiture. Après avoir entendu le bulletin d'information, les trois passagers n'en étaient pas surpris. Ils s'étaient désormais tus et réfléchissaient à leur évasion rocambolesque. Comment tout cela allait-il finir ?

À la sortie d'un virage, au bout d'une courte ligne droite, deux silhouettes de motards de la gendarmerie firent signe à la Mini de ralentir et de s'arrêter.

Les projets échafaudés et les options prises cinq minutes plus tôt risquaient fort de tourner court.

— On va voir ce qu'ils veulent, annonça Claire. On est en règle : j'ai mes papiers d'identité et la carte grise est dans le vide-poches. On ne change rien à ce qu'on a dit.

Elle s'arrêta et baissa la vitre. Le premier motard s'approcha.

— Gendarmerie nationale. Veuillez couper le moteur et présenter vos papiers et vos attestations de déplacement dérogatoire, s'il vous plaît !

Claire lui tendit son permis de conduire. Pour le reste, bien sûr, personne ne possédait d'attestation.

— Vous savez que, sauf en cas de nécessité absolue, vous ne devez pas vous déplacer à trois personnes dans le même véhicule ! compléta le gendarme.

À cet instant, Renaud déboucla sa ceinture et se glissa vers la gauche de la banquette. Il pressa le bouton pour ouvrir la vitre.

Épisode 33

Le bruit assourdissant des deux détonations successives résonna dans l'habitacle. Claire et Bruno ne réalisèrent pas immédiatement la situation.

La conductrice fut la première à voir les deux motards s'effondrer. Soudain, elle perçut une sensation de brûlure derrière le cou sans en comprendre la raison. Renaud venait de lui appuyer sur la nuque le canon encore chaud du Sig-Sauer sorti de sa poche.

— Bruno, au moindre geste, je la descends ! cria-t-il. Toi, Claire, démarre !

Ils étaient abasourdis ! Après avoir tué de sang-froid les deux gendarmes, Renaud menaçait maintenant les deux occupants de la Mini avec son arme. Mais comment pouvait-il être en possession d'un pistolet ? Et pourquoi ?

Renaud insista en appuyant un peu plus le canon du Sig-Sauer contre la nuque de Claire.

— Démarre ! répéta-t-il.

Elle n'attendit pas de nouvelle injonction. Elle démarra.

– Où va-t-on ?

– Pour l'instant droit devant, répondit Renaud. Dan avait raison de se méfier de toi. Et dire que je ne voulais pas le croire.

– Je vous interdis de... Mais qui êtes-vous, à la fin ?

– La renégate que tu es devenue n'a rien à interdire à un guide de notre Église. Sache seulement que Dan craignait que tu faillisses à ta tâche ! C'est pour cela qu'il m'a demandé de rejoindre le groupe dans le rôle du faux captif sans prévenir personne, ni Jérôme, ni Norbert, ni toi. Le plus cocasse dans l'histoire est qu'il était prévu que je me joigne à toi au cas où tu t'enfuies. Dieu l'a bien voulu ainsi, puisque tu es venue me chercher. En revanche, la présence de Bruno ne figurait pas dans ce plan de rechange, mais nous allons rapidement arranger cela.

Machiavélique était le seul mot qui venait à l'esprit de Bruno resté muet après ce coup de théâtre. Ainsi Renaud était un guide des Soldats de la rédemption. Certainement un « commandeur ». Le professeur d'histoire connaissait l'importance du rôle de cette fonction dans la secte.

Quand je pense que c'est moi qui ai insisté pour aller le récupérer dans sa chambre ! regretta-t-il. Quel imbécile j'ai été !

Il aurait voulu intervenir, mais l'arme appuyée contre la nuque de Claire lui interdisait toute initiative.

La Mini reprit sa course en laissant derrière elle les corps des deux motards étendus au bord de la route. Claire conduisait sous la menace du Sig-Sauer et commençait à réaliser l'horreur de la situation.

Tout ça pour rien ! Le Commandeur a tué les gendarmes. Maintenant c'est à mon tour ! Mon Dieu, pourquoi n'ai-je pas retrouvé ma lucidité plus tôt ? Et Daniel dans tout ça ? Si ce que dit le Commandeur est vrai, il s'est montré diabolique. Il m'a fait surveiller ! Comment pouvait-il se douter que je refuserais d'empoisonner Bruno, alors que moi-même j'ignorais ma volte-face de dernière minute ? Ou alors, il avait autre chose en tête… non, pas Daniel…

— Prends la petite route à gauche ! ordonna Renaud.

Après deux cents mètres de bitume et autant de cailloux et d'ornières au milieu des bois, le chemin aboutit dans une clairière.

— Stop ! Coupe le moteur et donne-moi les clés !

Tous sortirent de la Mini à la demande du Commandeur. Sous la menace de l'arme, Claire et Bruno durent s'écarter et tenir les bras levés en gardant le dos tourné.

L'homme devait improviser. Ce n'était pas son genre, mais cette fuite n'était pas prévue au programme. Il ouvrit d'une main le coffre de la voiture, tenant le pistolet de l'autre. Il poussa sur le côté le sac de voyage qui appartenait à Claire, souleva la vieille couverture et trouva à côté du kit anti-crevaison une sangle et deux tendeurs. Faute de mieux, il s'en accommoderait. Il les sortit du coffre, puis s'adressa à Bruno :

— Reculez jusqu'à l'arbre, là-bas !

Le professeur d'histoire s'exécuta.

— Très bien. Maintenant, dos à l'arbre ! Et passez vos mains derrière le tronc !

Renaud s'adressa alors à Claire en lui remettant la sangle prise dans le coffre de la Mini.

— À toi, maintenant ! Tu vas lui attacher les mains. Et attention, je veux des nœuds bien serrés. Je reste à côté de toi pour surveiller ton travail.

Cette voix, elle connaissait cette voix ! Quand l'avait-elle entendue ? Où ?

Claire attacha avec regret les poignets de Bruno. Qu'allait faire le Commandeur, maintenant ? Les tuer tous les deux ? Certainement ! Mais alors pourquoi cette mise en scène ?

Quand Claire se fut acquittée de sa tâche, le

Commandeur s'assura que les liens étaient bien serrés.

– Te voici enfin redevenue obéissante, lui lança-t-il.

L'articulation des mots... le timbre… Claire venait de reconnaître la voix du Commandeur. Elle se tétanisa.

Engelmatt ! C'était à Engelmatt qu'elle avait entendu cette voix. Comment avait-elle pu oublier ?

Elle se mit alors à trembler, et perdit toute pensée rationnelle.

Grâce à cette réaction, Renaud comprit que Claire Lachard l'avait identifié. Finalement, c'était très bien ainsi. Elle serait de nouveau malléable.

Il lui passa le bras devant la poitrine et lui plaqua le dos contre son torse. Il lui mit la crosse du pistolet dans la main et lui ordonna :

– Rachète-toi et tue-le !

Épisode 34

Clermont-Ferrand

 La lieutenante Perrine Vinay enfila à la hâte son blouson marqué du logo « Police ». C'était la règle pour un départ en intervention. Elle se précipita dans la Peugeot 206. Ne pas faire attendre le capitaine qui l'avait prise au vol avec un « Perrine, magne-toi, on part en inter ! ».

Le véhicule banalisé démarra sur les chapeaux de roues, son gyrophare magnétique collé sur le toit.

— Où va-t-on à cette allure ? demanda Perrine.

— Du côté de Féniers, répondit Roland.

— C'est où, ça ?

— Dans la Creuse, à cent bornes d'ici. Je ne connais pas plus que ça. J'ai rentré les coordonnées dans le GPS. Tu as fini de bosser sur les documents que je t'ai passés ?

— Presque, sauf pour la bible. La doctrine et les règles édictées par ces « soldats », c'est complètement dément ! On se croirait revenu au Moyen Âge. Par contre, j'ai bien intégré toutes les fiches S du dossier. Bon, tu peux me dire maintenant ce qu'on va faire dans la Creuse ?

— Claire Lachard a réapparu dans les radars. J'ai eu l'info grâce à l'indicateur d'alerte. Pour une fois, les relations police-gendarmerie ont bien fonctionné. Elle a passé le week-end dans une propriété des Lachard avec quelques invités.

— Il y a un lien avec les Soldats de la rédemption ? demanda Perrine.

— Oh que oui ! Claire Lachard a cédé à l'effet de mode de ses confrères américains. Elle a tué deux invités dans la matinée et s'est enfuie en emmenant un otage pour se couvrir.

— Mince alors ! Tu avais raison de la soupçonner d'être un élément intégriste de la secte.

— Oui, mais on est un peu à la traîne. Je préfère les interpellations anticipées plutôt que les confirmations après coup. Idem pour le complice de Claire Lachard.

— Elle a un complice ?

— Oui, et tu le connais. Il est aussi dans le dossier. C'est Bruno Martel. Là encore, j'aurais dû anticiper. Sa fiche m'a été présentée deux fois par le logiciel. Pas étonnant que je n'aie pas réussi à le joindre vendredi dernier.

Une heure plus tard, ils arrivaient devant la propriété des Lachard, protégée de l'extérieur par son haut mur d'enceinte. L'imposant portail était ouvert. La Peugeot 206 pénétra dans le domaine. Elle se gara devant la luxueuse demeure au toit en ardoise à côté des deux voitures de gendarmerie déjà sur place.

— Tu as les masques pour se protéger du virus ? demanda Perrine avant d'ouvrir la portière.

— Tu rigoles, répliqua Roland. Pour le moment, ils sont seulement annoncés. Alors en résumé, on y va juste avec notre beau sourire !

Les deux policiers sortirent de la 206. Le capitaine Pichat présenta sa carte barrée de tricolore. Le gendarme en faction devant la porte les laissa entrer.

Le major Cavaignac de la brigade de La Courtine accueillit les arrivants. Après avoir déploré que tous ces gens se soient retrouvés dans ce château en enfreignant les règles actuelles en vigueur, il résuma la situation en la jugeant évidemment plus grave que le non-respect du confinement.

Les témoignages des invités et du personnel concordaient : Daniel Lachard et son épouse avaient convié quelques amis pour le week-end. À part la présence du professeur d'histoire, Bruno Martel, invité de dernière minute par madame Lachard, tous se connaissaient bien.

Dans la matinée, Claire Lachard avait déclamé un discours dogmatique et évoqué la mort comme seule solution pour la rédemption des péchés. Elle s'en était prise violemment à Norbert Destrono et à Ariane Nati. Puis elle avait disparu.

Un peu avant midi, les deux individus menacés avaient été retrouvés morts, l'un défenestré et l'autre vraisemblablement empoisonné.

Le mari avait essayé de maîtriser son épouse, mais Bruno Martel s'était interposé. Claire Lachard et ce dernier avaient alors pris un invité en otage, Renaud Marcellin. Puis ils s'étaient enfuis à bord de la Mini Cooper du couple. Daniel Lachard avait alors immédiatement appelé la gendarmerie.

Le major expliqua qu'il venait de demander d'établir des barrages sur les routes.

Le capitaine Pichat souhaitait interroger certains témoins et en particulier Daniel Lachard. L'officier de gendarmerie donna son accord.

Épisode 35

Très affecté, Daniel Lachard se tenait le visage dans les mains. Lorsque les deux policiers du SRPJ se présentèrent à lui, il releva la tête :

– J'ai déjà tout expliqué aux gendarmes.

– Sur ce qui s'est passé ce matin, oui, répliqua Pichat. Je ne vais pas vous en demander davantage. Je souhaite juste vous poser quelques questions sur les Soldats de la rédemption.

Daniel Lachard sembla d'abord étonné, puis répliqua qu'il était disposé à parler religion si cela pouvait aider à retrouver son épouse et lui rendre la raison.

Le golfeur expliqua :

– Mon épouse et moi avons trouvé beaucoup de réconfort auprès des Soldats quand notre fille est tombée gravement malade. Depuis, ma foi est devenue plus forte. J'ai toutefois su prendre le recul nécessaire entre l'approche symbolique de notre bible et sa lecture au premier degré. Ce qui n'a, hélas, pas été le cas pour Claire. J'ai tout essayé pour qu'elle ne tombe pas dans l'intégrisme religieux. Elle était suivie par un excellent psychiatre, le docteur Renaud Marcellin. Nous l'avions d'ailleurs invité pour ce week-end. C'est lui qu'elle a pris en otage. Je m'accroche à un dernier espoir : que le docteur Marcellin arrive à lui faire entendre raison.

Daniel Lachard se montra finalement fort bavard, beaucoup plus que Jérôme Bellenci. Interrogé dans la foulée, le médecin se présenta comme un ami du couple. Il connaissait toutefois les Lachard depuis peu. Il ne comprenait pas comment une femme aussi charmante que Claire Lachard ait pu « péter les plombs » pour reprendre son expression. À la question « connaissez-vous les Soldats de la rédemption ? », il afficha son ignorance.

Une fois les brefs interrogatoires terminés, Roland Pichat chercha le moyen de rester dans les lieux. Il aurait voulu visiter le château dans ses moindres recoins et voir les deux cadavres. Mais en l'absence de décision du procureur, la gendarmerie était la seule habilitée à mener l'enquête criminelle. Lui devait se contenter d'investiguer sur les Soldats de la rédemption. Il chercha tout de même à rester un peu plus longtemps dans les lieux.

— Je prendrais bien un café sans poison, dit-il

à Perrine. Pas toi ?

— Si ça peut aider à remonter d'un degré le niveau de tes blagues, je suis partante.

Il sollicita le maître d'hôtel, puis entraîna sa stagiaire à l'écart dans un coin de la salle à manger. Le moment était propice à l'échange.

— Que Claire Lachard soit responsable des deux assassinats est fort probable. En revanche, je trouve que son mari cherche un peu trop à se dédouaner. Quant au rôle du prof d'histoire dans tout ça, j'ai du mal à me faire une idée.

— Si tu me permets, réagit Perrine, j'ai bien creusé les dossiers. D'accord, Claire Lachard s'est fortement impliquée dans les Soldats par ses actes religieux au point de sombrer dans l'intégrisme. Son passage à Engelmatt en est un exemple. Mais si je m'en tiens aux justifications dogmatiques, quel péché en rapport avec elle ont pu commettre les deux invités assassinés ? Je reste dubitative.

— On va fouiller leur passé. On trouvera. En attendant, si tu t'enfuyais d'ici avec un otage, où irais-tu ?

Perrine n'eut pas le temps de réfléchir à la question. Le major Cavaignac vint retrouver les policiers, la mine déconfite.

— Deux de nos collègues de la brigade motorisée d'Aubusson viennent d'être abattus à vingt kilomètres d'ici. Pas de témoin, mais tout semble indiquer que Claire Lachard est l'auteur de cette agression.

– Ça t'enlève tes doutes j'espère, dit Roland
Pichat en s'adressant à Perrine.
– Hélas oui !

148

– Ça t'enlève tes doutes j'espère, dit Roland
Pichat en s'adressant à Perrine.
– Hélas oui !

Épisode 36

Le Commandeur tenait la main de Claire qui serrait la crosse du Sig-Sauer. Bruno, les poignets attachés derrière le tronc d'arbre, remuait de gauche à droite pour tenter de se sortir de la ligne de mire. Gesticulation bien inutile ! Le canon était pointé sur lui. Il ne voyait que ça ! À quatre mètres de distance, il était une cible parfaite. Il n'avait aucune chance d'en réchapper.

— Non, Claire, ne fais pas ça ! supplia-t-il, désespéré.

— Ne l'écoute pas ! répliqua le Commandeur. Tire et tue-le ! Tu seras pardonnée. Sauve ton âme ! De toute façon, sur cette terre, tu es perdue, Claire ! Tes empreintes sont sur la crosse, ton permis de conduire est resté à côté des cadavres des motards. Demain, tu feras la une des journaux : « Après avoir sauvagement abattu deux gendarmes, elle tue son amant et se suicide ». Pense seulement à ta rédemption ! Tue-le !

Claire tremblait. Sa tête bouillonnait.

Je dois obéir et tirer pour effacer le péché. Oui, je dois tirer ! Non, je ne veux pas tuer Bruno ! Si, il le faut !

Tout défilait dans son esprit, dans le désordre et à très grande vitesse : ses enfants, son mariage, le lycée, le badminton, Daniel, Bruno, la soirée du 14 mars 2011, les Soldats de la rédemption, Engelmatt, le sachet de poison…

Tuer Bruno ! Pourtant, elle l'avait déjà épargné. Elle n'avait pas pu.

Du courage, je dois avoir du courage !

— Tire ! répéta une fois encore le Commandeur.

Une détonation !

Elle avait tiré… tout à gauche, en essayant de se libérer de l'emprise de celui qui la tenait. Elle n'avait pas pu tuer Bruno.

Elle réussit à entraîner le Commandeur au sol. S'en suivit un véritable pugilat. Il cherchait à lui reprendre l'arme, mais elle serrait la crosse très fort dans sa main.

Bruno regardait, impuissant.

Les deux adversaires roulèrent ensemble. Un coup de feu partit. Bruno eut très peur. Mais non. Les combattants redoublaient de violence. Claire avait transcendé sa peur. Sa condition physique lui permettait de ne pas plier, voire de prendre parfois l'avantage.

La rage l'avait maintenant envahie. Elle était devenue une furie. Elle hurlait. Elle réussit à se retrouver au-dessus de son adversaire. Les deux combattants déployaient toutes leurs forces.

Bruno vit les deux corps immobilisés, collés l'un à l'autre, Claire au-dessus. Puis soudain, le second coup de feu !

Plus le moindre mouvement !

– Claire ! Non ! Claire !

Bruno tirait sur ses liens à s'arracher les poignets.

Tout à coup, Claire remua un bras puis une jambe. Elle se redressa lentement, les genoux de chaque côté du corps de son adversaire. Le Commandeur ne bougeait plus. Une grosse tache rouge foncé maculait sa chemise.

Claire le regardait, hébétée. Elle jeta le pistolet au loin comme pour se débarrasser d'un objet diabolique.

Soudain, elle ressentit une violente douleur en haut de la jambe gauche. Elle posa la main sur son jean au niveau de la cuisse, puis la ramena à elle, tachée de sang. Claire était blessée. Sans doute le premier coup de feu pendant la bagarre, tandis que le second avait transpercé la poitrine du Commandeur.

La voix de Bruno la ramena à la réalité :

– Claire, Claire ! Tu l'as eu. Oh, merci,

merci ! Pour la deuxième fois, merci.

Elle tourna la tête vers lui. Elle avait le regard vide.

– Tu l'as eu, répéta-t-il. Tu n'as plus rien à craindre. Tu peux venir me détacher.

Elle se releva, mais ne parvint pas à se tenir debout. Avant qu'elle ne s'écroule, Bruno aperçut le sang sur la jambe gauche du jean.

Claire avança jusqu'à lui en rampant. Elle réussit à se hisser jusqu'à ses poignets. Elle déploya ses dernières forces pour dénouer la sangle. Quand elle vit les deux mains enfin libérées, elle se laissa tomber au pied de l'arbre.

Épisode 37

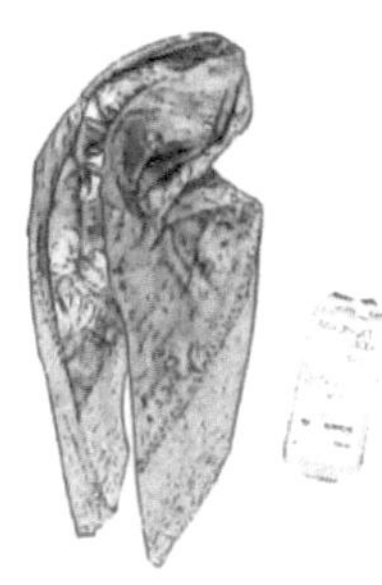

Claire était allongée sur la couverture que Bruno avait sortie du coffre de la Mini. Elle grimaça quand elle sentit les doigts lui effleurer la cuisse.

— Il faut que je regarde ta blessure de plus près, lui annonça Bruno, inquiet.

Elle ferma les yeux sans répondre. Il essaya maladroitement de déchirer le tissu à l'endroit où la balle avait troué le jean, mais il ne parvint qu'à arracher un « Aïe ! » à la blessée. Elle eut le réflexe de répliquer :

— Il y a une paire de petits ciseaux dans la poche intérieure de mon sac dans le coffre.

Cette réaction pragmatique soulagea Bruno : Claire était lucide. Il retourna jusqu'à la Mini. Le corps de Renaud gisait à côté de la voiture. Il faudrait bien s'en occuper, mais pour l'instant la priorité était d'apporter les premiers soins à Claire.

Il revint et s'attaqua au pantalon. D'une main mal assurée, il découpa le tissu, puis fit glisser la jambe du pantalon au-dessous du genou. La cuisse était désormais dégagée. La blessure saignait sans que l'hémorragie soit abondante. Il n'était pas médecin. Il lui restait seulement le vague souvenir d'une lointaine formation aux gestes de premiers secours.

Il retourna à la voiture, fouilla dans le sac de voyage. Il ne trouva que des vêtements. Il chercha vainement une trousse de toilette certainement restée dans la chambre en raison de la fuite improvisée. Il sortit un foulard du sac, puis referma le coffre. Il fallait maintenant trouver de quoi aseptiser la plaie. Il réfléchit.

Par les temps qui courent, il y a sûrement du gel hydroalcoolique dans la voiture, pensa-t-il.

Il découvrit un flacon dans la boîte à gants. Il y avait même un paquet de masques chirurgicaux bien inutiles en cet instant.

Bruno retourna vers Claire. Elle s'était redressée et, appuyée sur un coude, elle observait sa blessure.

– Rallonge-toi et serre les dents ! Ça va piquer !

Elle obéit.

Bruno inonda le foulard de gel, puis l'entoura autour de la cuisse de Claire qui ne put retenir un cri.

L'infirmier improvisé s'assura que le pansement contenait l'hémorragie sans couper la circulation sanguine.

— Voilà, j'ai terminé les soins de première urgence, annonça Bruno. J'espère que la balle a traversé. Il faut que je t'emmène auprès d'un médecin, maintenant.

Claire s'appuya de nouveau sur son coude.

— Non, je reste sur ce que j'ai dit tout à l'heure. Je veux me cacher. Et puis ma blessure n'a pas l'air trop grave.

— Comment peux-tu l'affirmer ?

Elle n'avait évidemment pas la réponse, mais elle était déterminée. Bruno céda, non sans lui rappeler que lui aussi était têtu :

— Alors moi non plus, je ne lâche pas. Je t'accompagne.

Dans son état, elle n'avait pas le choix. Elle accepta :

— D'accord. Pour me cacher, j'hésite entre une maison que l'on possède dans le Midi et un appartement au bord de l'océan, à Hossegor. Mais c'est un peu loin.

— Et tu ne crois pas que ce sont les premiers endroits où ton mari va te chercher ? Sans parler de la police. À en croire Renaud, tes anciens amis ont dû te charger un max. Et la mort des deux motards va certainement être portée à ton actif. Non, oublie tout ça ! Je pense avoir mieux à te proposer.

Il lui expliqua son idée. Elle adhéra pleinement. De toute façon, elle n'avait plus envie de réfléchir. Elle s'en remettait à lui, prenant enfin conscience de sa monstruosité :

par deux fois, elle avait voulu le tuer.

Elle craqua et se mit à pleurer :
— Pardon, Bruno ! Pardon !
— Tais-toi ! Tu n'as pas à me demander pardon. Tu étais sous leur emprise. Garde ton énergie ! Tu en auras besoin.

Il se demanda s'il avait, lui aussi, toute sa raison. Il eût été tellement plus simple de se rendre dans la première gendarmerie et de tout expliquer. Oh bien sûr, dans un premier temps, on les aurait arrêtés. Mais la vérité aurait bien fini par éclater. Ils auraient demandé à être placés sous protection. Et tout serait rentré dans l'ordre.

Mais non, Claire avait trop peur des Soldats de la rédemption. Elle était certaine qu'ils ne la lâcheraient pas. Même en prison, ils l'auraient assassinée. Peut-être avait-elle raison. Mais se lancer dans une cavale éperdue était tout aussi insensé. On ne pouvait pas se cacher éternellement.

Peu importe ! Bruno avait fait le choix de ne pas la quitter et de fuir avec elle. Décision complètement irrationnelle. Mais depuis une semaine, plus rien n'était rationnel.

Épisode 38

Ils avaient décidé d'attendre la nuit pour partir afin d'éviter les barrages de gendarmerie, certainement moins nombreux qu'en journée. Ils emprunteraient les petites routes.

Claire somnolait sur la couverture, cherchant ainsi à oublier sa douleur à la cuisse. Bruno la contempla un instant, incapable d'expliquer la décision prise de rester avec elle. Mais le plus important était qu'il ne regrettait pas son choix.

Il se releva. Le moment était venu de s'occuper de Renaud. Il se rendit jusqu'au corps sans vie. Avant de le déplacer, il décida, malgré la répugnance pour un tel acte, de faire les poches au cadavre afin de tenter d'en apprendre davantage sur l'individu. Il le fouilla et trouva un portefeuille, un smartphone ainsi qu'un chargeur avec des balles. Visiblement, l'homme était équipé pour tuer du monde.

Cette dernière découverte fit penser à Bruno qu'une arme serait peut-être bien utile pour leur sécurité. Le prof d'histoire s'empressa de chercher dans l'herbe le Sig-Sauer jeté au loin par Claire juste après le tragique combat.

Il retrouva l'arme à quelques mètres et revint près du cadavre. Il ouvrit le portefeuille. Divers papiers. Une liasse de billets. Il s'en saisit. Pendant la cavale, un peu de liquide ne serait pas de trop. Une carte de visite dépassait de derrière un rabat. Bruno la tira :

*« Dr. Renaud Marcellin
Psychiatre »*

Ainsi le Commandeur était aussi psychiatre. Un métier bien utile pour conditionner les adeptes !

Bruno ne poursuivit pas davantage l'exploration du portefeuille. Son regard venait de se porter sur le smartphone.

Bon sang ! pesta-t-il intérieurement.

Il retourna précipitamment vers Claire.

— Claire ! Il faut partir d'ici en vitesse.

Elle ouvrit les yeux.

— Hein ? Qu'est-ce que…

— Le portable de Renaud ! On peut nous localiser avec le portable de Renaud. Je vais t'aider à te relever et à t'installer dans la voiture.

Il n'eut pas besoin d'expliquer davantage, elle avait compris.

— Si tu as un téléphone, il faut vite l'éteindre et retirer la batterie, lança Bruno.

Elle avoua qu'elle en avait bien un, mais qu'il était resté dans sa chambre. Ouf !

Bruno jugea qu'il était inutile d'aller bien loin. Quelques kilomètres suffiraient. Il fallait penser aux barrages. Juste changer d'endroit avant que ne débarquent des gendarmes ou des « Soldats » ayant réussi à localiser le portable de Renaud Marcellin.

Bruno aida Claire à se mettre debout. Elle s'accrocha à lui pour atteindre la Mini. Elle grimaçait à cause de sa jambe. Bruno lui envoya une pointe d'humour pour l'aider à contenir sa douleur :

— Désolé pour ton pantalon. La seule façon de le récupérer sera de couper l'autre jambe pour en faire un short.

— Je t'enverrai la facture, réussit-elle à répondre en entrant dans le jeu de la plaisanterie.

Bruno recula au maximum le siège passager et inclina le dossier pour installer Claire le plus confortablement possible. Pas évident ! L'habitacle de la Mini n'était pas très grand.

Avant de partir, il jugea nécessaire d'accomplir une dernière chose. Il retourna prendre la couverture où Claire avait été allongée. Après quelques instants, il revint et se mit au volant.

La Mini démarra et partit en laissant derrière elle le cadavre de Renaud Marcellin recouvert par la vieille couverture.

Le couple parcourut quelques kilomètres. Heureusement, la route était toujours bordée par la forêt. Quand Bruno jugea suffisante la distance parcourue, il chercha de nouveau un chemin carrossable pour s'enfoncer dans les bois.

Une fois à l'abri. Il coupa le moteur de la Mini.

À cet instant, ils entendirent l'hélicoptère de la gendarmerie au-dessus d'eux. Heureusement, avec le printemps précoce, le feuillage des arbres était déjà dense, rendant la Mini invisible du ciel. La chance leur souriait. En effet, quelques minutes plus tôt, l'hélicoptère les aurait repérés sur la route. Ils restèrent figés et muets jusqu'à ce que le bruit se fût éloigné.

Bruno se tourna vers Claire. Elle lui sourit. Magnifique cadeau !

— On reste là jusqu'à minuit. Repose-toi ! Tu as toujours mal ?

— Oui, mais c'est supportable. J'ai soif.

Évidemment, pensa Bruno. Je suis un piètre secouriste. Mais où trouver de l'eau ?

— Regarde sous ton siège ! continua-t-elle. Normalement, il doit y avoir une bouteille.

Il glissa la main et trouva non seulement la bouteille mais aussi une carte routière et un paquet de biscuits.

— Je ne sais pas de quand datent les gâteaux,

avoua Claire.

Il aurait pu répondre qu'ils n'allaient pas s'empoisonner en les mangeant… mais, en raison du contexte, il préféra s'abstenir de la remarque et dire simplement :

— Nous allons pouvoir tenir le coup jusqu'à minuit.

Épisode 39

Rochemans (Haute-Loire) – mardi 24 mars 2020, 4h

Bruno souffla quand il vit le panneau indicateur éclairé par les phares :

> ROCHEMANS 3,5 ⟩

La veille au soir, dans l'habitacle de la Mini, seul Bruno avait dormi quelques heures. Quant à Claire, la douleur l'avait empêchée de trouver le sommeil.

Comme prévu, ils étaient partis à minuit et avaient emprunté les petites routes pour rejoindre la Haute-Loire. Claire avait conservé son siège en position inclinée.

Ils arrivaient enfin à Rochemans. L'aube commençait à poindre. Bruno bifurqua à droite sur une route étroite, un kilomètre avant le village. Quelques minutes plus tard, le goudron laissait la place aux cailloux et aux ornières. Les cahots ravivèrent la douleur et Claire poussa un cri. Bruno ralentit.

— Tiens bon ! On est presque arrivés.

— Ne t'inquiète pas pour moi ! Ça va, mentit-elle.

La maisonnette apparut dans les phares au milieu de la forêt. Une ancienne bergerie datant d'une époque où les chèvres et les moutons empêchaient les arbres de pousser. Au fil du temps, les ovins avaient disparu et les chênes et les châtaigniers avaient conquis les lieux. Seul le nom avait subsisté : « la Bergerie ».

La Mini contourna la vieille demeure en pierre pour descendre par la pente d'accès à l'ancienne cave transformée en remise sous la maison. Bruno sortit de la voiture et alla ouvrir le portail en bois vermoulu.

Les habitudes n'avaient pas changé : la remise n'était jamais fermée à clé. Les phares éclairèrent l'imposant bric-à-brac entassé au fil des années. Heureusement, il restait un peu d'espace libre au centre. Bruno y gara la Mini.

— Je t'abandonne deux minutes, dit-il à Claire. Le temps de vérifier qu'il n'y a pas de problème dans la maison.

Elle lui toucha la main en guise d'acquiescement.

Bruno revint cinq minutes plus tard.

— Tout va bien. Je vais t'aider à sortir.

Descendre de la Mini se révéla laborieux. Claire n'avait plus de force. En la tenant contre lui, Bruno s'aperçut qu'elle était bouillante. La fièvre, certainement. Il fallait sortir de la remise et monter les quatre escaliers pour entrer dans la maison dont il avait laissé la porte ouverte. Il était certain que Claire ne réussirait pas à se déplacer pour arriver jusqu'à la chambre.

— Passe tes mains autour de mon cou ! Je vais te porter.

Elle s'accrocha à lui. Elle était faible, prête à s'évanouir, mais pour ne pas le laisser paraître, elle répondit avec un peu d'humour :

— Tu as intérêt à être fort. Je suis une fausse maigre, tu sais !

En lui passant l'avant-bras sous les genoux, Bruno la souleva et se dit qu'elle avait raison. La douleur la fit grimacer une nouvelle fois. Elle retint une plainte pour qu'il ne s'en aperçoive pas.

Bruno quitta la remise, son fardeau sur les bras. Il espérait qu'il arriverait à la porter jusqu'au bout. C'est dans ce genre de situation que l'on regrette de ne plus faire de sport. Mais la volonté fut la plus forte. Après un périple de quatre marches et d'une vingtaine de mètres, il déposa délicatement Claire sur le lit de la plus grande chambre.

Il lui toucha le front. Elle était brûlante.

— Ma sœur est très organisée. Je suis sûr que je vais trouver quelque chose pour te soulager.

Il retourna dans la pièce principale qui abritait la cuisine. Il fouilla les rayons et les tiroirs du buffet à la recherche du coin pharmacie. Il prit un verre, le remplit au robinet de l'évier et retourna dans la chambre.

— J'ai trouvé du *Doliprane*, dit-il en lui tendant le verre d'eau et les deux gélules.

— Merci.

Elle but, puis lui attrapa la main.

— Je ne suis pas bien.

— Ne t'inquiète pas. Le cachet va vite faire effet.

— Non, c'est pas ma jambe, c'est ma tête. Comment ai-je pu être aussi démente ? Je ne mérite pas de vivre.

— Tais-toi ! Et essaie de dormir ! Je vais m'allonger dans la petite chambre à côté. Dans une heure, j'irai voir Sophie avant l'ouverture de l'épicerie pour la prévenir. Il ne faut pas qu'on me voie dans le village.

Il voulut dégager sa main.

— Non, reste ! S'il te plaît, reste avec moi !

Il n'eut pas à se faire violence pour accepter. Il s'allongea à côté d'elle.

— Parle-moi de ta sœur, et aussi de cette maison ! Tu as l'air de bien la connaître !

— La Bergerie est l'ancienne maison de ma tante. Je venais souvent en vacances quand j'étais petit. À la mort de ma tante, Sophie et Pascal, mon beau-frère, l'ont rachetée à mon cousin. C'est un peu leur maison de campagne tout près de chez eux. Ils tiennent la seule épicerie du village et viennent ici aux beaux jours le dimanche et le lundi. Un peu plus bas, il y a un étang où Pascal aime pêcher. C'est un joli coin, je t'y emmènerai quand tu pourras marcher et que…

Elle s'était endormie. Il dégagea délicatement sa main, se leva et quitta la chambre. Il y avait un bon quart d'heure de marche pour rejoindre le village par le sentier, et il était bientôt cinq heures. Si Sophie n'avait pas changé ses habitudes, elle serait déjà en train de réassortir les rayons de l'épicerie en attendant la livraison des journaux.

Épisode 40

Clermont-Ferrand — le même jour, 11h30

Depuis leur arrivée au bureau tôt le matin, le capitaine Pichat et sa stagiaire étudiaient en détail tous les documents qui traitaient des époux Lachard et du professeur d'histoire Bruno Martel.

En raison du contexte des assassinats, le parquet national antiterroriste s'était saisi de l'enquête. Ce n'était pas pour déplaire à Roland Pichat qui avait l'habitude d'échanger avec la structure dans les affaires intégristes qu'il traitait.

Au fil des heures, les deux policiers clermontois engrangeaient les nouvelles. L'invité emmené en otage était mort, sans doute tué par Claire Lachard. Grâce à la géolocalisation de son téléphone portable, il avait été retrouvé dans une clairière, une balle en pleine poitrine.

En revanche, le couple infernal courait toujours. Malgré les barrages de gendarmerie, il avait réussi à passer au travers des mailles du filet et avait sans doute quitté la région. Pendant quelques heures, les chaînes d'informations en continu avaient fait leur une du quintuple crime de la Creuse avant que le virus, plus meurtrier, ne reprenne la première place sur les écrans de télévision.

Roland et Perrine avaient digéré les documents, les plus anciens comme les plus récents ainsi que les témoignages de la veille. Le moment était venu de mettre en commun les idées et déductions de chacun.

Ils ne devaient pas se tromper de cible, seule l'enquête liée aux Soldats de la rédemption leur incombait, pas celle des tueurs de la veille, mais la frontière était suffisamment floue pour se permettre des initiatives.

– Je commence par les certitudes, dit Roland. Claire Lachard est une adepte zélée des Soldats et fichée S. Elle connaît, depuis le lycée, Bruno Martel, spécialiste des religions. Le mannequin Ariane Nati était jusqu'à l'année dernière la maîtresse de Daniel Lachard. À toi !

– Je n'ai pas d'autres certitudes que les tiennes, répondit Perrine. C'est plutôt une remarque liée à ma sensibilité féminine dont je voudrais te faire part.

Elle s'attendait à une blague macho en retour, mais il n'en fut rien. Le mode complètement professionnel dans lequel était passé Roland Pichat lui avait retiré tout humour déplacé.

– Je n'arrive pas à croire que Claire Lachard soit à l'origine de tous ces crimes, poursuivit Perrine. D'accord, elle est fichée S et son passage par Engelmatt ne plaide pas en sa faveur. Mais elle a un passé irréprochable. Elle s'occupe de ses trois enfants, consacre énormément de temps à des actions humanitaires et possède une morale sans failles d'après les rapports.

– On a souvent vu des intégristes commettre des actes terroristes inattendus.

– Oui, je te l'accorde. Je n'ai aucune preuve. Mais j'ai l'intuition qu'elle n'a pas pu commettre seule et de sa propre initiative les crimes qui lui sont imputés. Pour moi, une Claire Lachard tueuse sanguinaire, ça ne colle pas !

Le capitaine Pichat passa la main dans sa chevelure frisée. Finalement, la remarque de Perrine le confortait dans une seconde hypothèse. Il s'en ouvrit à sa stagiaire :

– Je n'ai pas eu la même approche que toi, mais peut-être allons-nous nous rejoindre. Les témoignages d'hier sont trop précis, trop cohérents, trop bien huilés. En règle générale, les témoins d'un crime n'ont pas tous des réactions rationnelles. Certains se trompent ou oublient des détails à cause de l'émotion, alors qu'hier, tout était limpide. Sur sa chaise,

Lachard semblait très abattu, mais, avec le recul, je trouve sa réaction un peu théâtrale.

Les deux cerveaux continuèrent à bouillonner, puis Pichat finit par conclure :

– Et si Claire Lachard était un « soldat » qui avait échappé à ses généraux ? Sans lui retirer son statut de coupable, elle devient une nouvelle victime potentielle.

– J'adhère complètement à ton hypothèse, approuva Perrine.

– Claire Lachard est en danger. Le PNAT[1] doit impérativement la retrouver avant ses anciens amis. Et nous allons l'y aider.

– Comment ?

– Il faut trouver l'endroit où Claire Lachard et Bruno Martel ont pu aller se planquer !

---

[1] Parquet national antiterroriste.

Épisode 41

Rochemans — le même jour, 13h

Le Berlingo de l'épicerie s'arrêta devant la Bergerie. Sophie en descendit. Bruno l'attendait.

— Personne ne t'a suivie ? demanda-t-il à sa sœur.

— Non, j'ai bien regardé. Et puis avec le confinement, il n'y a personne dehors. De toute façon, le mardi midi, je fais mes livraisons à domicile. Ça tombait bien, j'avais une commande pour les Martin, juste au début du chemin. Bon, j'ai tout apporté, et même le journal de ce matin. Regarde !

Elle lui tendit l'*Éveil de la Haute-Loire* dont la une affichait un titre racoleur.

MASSACRE INTÉGRISTE À FÉNIERS

— Tu es fou, Bruno. Dans quel pétrin tu t'es mis ?

— Je t'ai déjà expliqué tout à l'heure. Ne revenons pas là-dessus ! Tu n'as rien dit à

Pascal ?

— Non.

— Il ne risque pas de venir pêcher ?

— Non, pas avant dimanche en tout cas.

— Je vais t'aider à décharger. Ensuite, j'aimerais que tu regardes la blessure de Claire. Après, tu repartiras vite. Pour la suite, ne reviens plus ici avant que je te contacte ! Il en va de notre sécurité.

— D'accord. Et toi, fais attention aux promeneurs, surtout près de l'étang, même si depuis le confinement les balades sont interdites.

Il lui posa affectueusement la main sur le bras.

— Oui, ne t'inquiète pas ! Et merci encore pour ton aide ! Sans toi, je me demande comment nous aurions fait.

Ils déchargèrent les provisions qui complétèrent celles que Sophie avait déjà apportées le dimanche précédent quand elle était venue rouvrir la Bergerie pour la saison. Puis ils se rendirent dans la chambre. Claire était toujours allongée, mais s'était un peu remontée à la tête du lit.

— Claire, je te présente Sophie, ma grande sœur.

— Enchantée.

— Moi de même. Bruno m'a expliqué pour votre blessure. Je vais regarder ça.

Claire marqua son étonnement.

— Avant de reprendre l'épicerie de Rochemans, Sophie était infirmière, la rassura Bruno.

Retrouvant d'anciens automatismes professionnels, Sophie demanda à son frère de sortir de la chambre avant de tirer le drap et la couverture vers le pied du lit. Elle retira le foulard enroulé autour de la cuisse qui servait de pansement improvisé depuis la veille. Le sang avait coagulé et le tissu collait à certains endroits. Claire serra les dents.

— Il est meilleur historien que médecin, lança Sophie. Mais je dois reconnaître qu'il a eu un bon réflexe. C'est enflé, mais ça commence même déjà à cicatriser. Ça vous fait mal ?

— Oui, mais moins que cette nuit. Grâce au *Doliprane*, je pense. Ce matin, j'ai même réussi à me lever pour aller aux toilettes à cloche-pied.

Sophie lui posa la main sur le front.

— Apparemment, vous n'avez plus de fièvre. Normalement, une blessure par balle, on doit voir un médecin. Mais dans votre cas, je comprends bien qu'il faille abandonner cette idée. J'ai apporté ce qu'il faut pour nettoyer la plaie et je regarderai votre blessure de plus près. Pour ça, je préfère vous retirer votre pantalon, ou tout du moins ce qu'il en reste.

Elles se mirent à deux pour faire glisser le lambeau de tissu qui, la veille, était encore un jean à la coupe ajustée.

L'ex-infirmière nettoya la plaie.

– Je confirme que la balle est bien ressortie, et c'est tant mieux. Une chance qu'elle soit passée à côté de l'artère fémorale, sinon vous ne seriez plus là.

Pendant qu'elle faisait un vrai pansement, Sophie poursuivit la conversation sur d'autres sujets.

– J'ai apporté de la nourriture, de quoi tenir un siège, et quelques vêtements de Pascal pour Bruno. Mais je n'ai pas d'habits de rechange pour vous.

– Ne vous inquiétez pas, j'en ai dans mon sac de voyage. Bruno est allé le chercher dans la voiture tout à l'heure. Il est là sur la chaise.

– Pour ce qui est du nécessaire de toilette, il y a tout ce qu'il faut dans la salle de bains, brosses à dents neuves, eau de toilette, serviettes... Faites comme chez vous !

– Merci, répondit Claire.

– J'ai lu le journal avant de venir ici. Mon frère me dit que ce qui est écrit est faux. J'ai quand même du mal à comprendre. Mais je le crois et je l'aime beaucoup. Alors, ne lui faites pas de mal, s'il vous plaît !

– Oh non, soyez sans crainte ! J'ai fait des choses horribles et je n'en suis pas fière. Mais depuis hier, j'ai enfin compris que votre frère comptait énormément pour moi.

Épisode 42

Rochemans – mercredi 25 mars 2020, 8h

 Le café coulait dans le filtre. Bruno posa le pain grillé, le beurre et la confiture sur la table. Il était levé depuis près d'une heure. Le lit de la seconde chambre était étroit, le sommier grinçait et le matelas n'était pas très confortable, mais Bruno était tellement fatigué que son sommeil avait eu raison de tous ces désagréments mineurs.

Quand il s'était levé, il avait relu pour la énième fois le papier à l'écriture manuscrite découvert la veille dans le portefeuille de Renaud Marcellin. Depuis qu'il avait décodé le texte succinct, il avait enfin compris. Il n'en avait pas encore parlé à Claire. Il le ferait. Restait juste à trouver le bon moment !

Il entendit du bruit provenant de la grande chambre. Quelques instants plus tard, la porte s'ouvrit. Claire apparut dans un pyjama kimono décoré d'oiseaux. Elle marchait en tirant la jambe.

— Bonjour, lui lança-t-elle avec un joli sourire.

— Bonjour. Dis donc, ça a l'air d'aller mieux !

— Oui. Tu vois, je me suis levée et j'arrive à marcher.

Au même moment, elle grimaça en s'appuyant sur son pied gauche.

— Tu vas trop vite. Assieds-toi ! Café et tartines de confiture maison. Ça te convient ?

— Oui, un petit déjeuner copieux me fera du bien et m'évitera peut-être de trop penser.

Pas facile de se délester du poids de ses erreurs !

Bruno fit son possible pour lui changer les idées. Il raconta l'époque où, enfant, il venait passer des vacances à la Bergerie. Il parla de l'étang un peu plus bas et des bois où il faisait bon se promener. Mais Claire revint à la charge dès la deuxième tartine :

— Je pense à mes enfants. J'ai peur de ne jamais les revoir.

Bruno cherchait une réponse à lui apporter. Il lui prit la main. Il avait besoin de ce geste tactile. Peut-être aussi voulait-il inconsciemment la tester. Elle ne se dégagea pas, au contraire, elle serra les doigts pour mieux s'accrocher. Elle poursuivit sa réflexion de vive voix.

— Peut-être que Daniel va me pardonner.

C'en était trop pour Bruno ! Il lui lâcha la main et fit un aller-retour jusqu'à sa chambre. Il revint avec le papier récupéré dans le portefeuille du Commandeur. Il le déplia et le tendit à Claire.

— J'attendais encore un peu pour te montrer ce papier. Renaud l'avait dans son portefeuille.

Rédemption le lundi 23
- A à 11h30
- B à 12h30
- C à 15h

— Mais c'est l'écriture de Daniel, s'étonna Claire en lisant. Que veut dire cette déclinaison d'horaires ?

Bruno avait déjà deviné que Dan Lachard était l'auteur des quatre lignes. À la première lecture, il avait aussi cru à une liste numérotée avant de comprendre. Il se leva et se mit à côté d'elle pour lui expliquer :

— Ce n'est pas une liste numérotée alphabétiquement A, B, C, etc. C'est un pur hasard. La signification est très simple, c'est le récapitulatif des empoisonnements d'avant-hier. A pour Ariane : empoisonnement prévu à 11h30. B pour Bruno : c'est bien à midi et demi que tu m'as offert mon verre de jus d'orange ? Je te laisse terminer la devinette.

— C à 15h, continua Claire. C pour...

Elle s'interrompit et lâcha le papier.

— Eh oui, Claire. Ton mari avait prévu de t'empoisonner, toi aussi ! En plus de m'épargner, tu as sacrément bien fait de t'enfuir !

Claire était abasourdie.

— Et j'ai l'explication dogmatique, poursuivit Bruno. Malgré mon élimination, toi, vivante aux côtés de ton mari, tu représentais toujours pour lui le péché que tu avais commis en 2011. Je me souviens avoir développé dans ma thèse cette logique absurde qui aboutit à des assassinats en série.

Debout à côté d'elle, il lui posa une main protectrice sur l'épaule pour l'aider à encaisser le choc. Elle pencha la tête contre sa taille et pleura en silence.

Ils restèrent ainsi quelques minutes. Quand Bruno se dégagea, Claire se leva pour l'empêcher de partir. Elle s'accrocha à lui et blottit sa tête contre son torse.

Bruno éprouva le besoin de se justifier :

— Excuse-moi d'avoir été si direct, mais je n'ai pas voulu te laisser emporter par tes illusions. Il fallait que tu voies la vérité en face.

— Tu as bien fait, répondit-elle d'une voix étouffée tellement elle se serrait contre lui. C'est vrai, je suis compliquée. C'est pour ça que j'ai parfois besoin d'une bonne claque quand je m'égare, comme celle que je viens de recevoir. J'essayais, comme une idiote, de me persuader que Daniel… Mais comment ai-je pu être aussi aveugle ? Oh, c'est tellement dur de découvrir que…

Elle s'interrompit et se remit à pleurer, sans retenue cette fois, avec de grosses larmes.

Vingt ans de sa vie venaient de s'écrouler !

Épisode 43

Rochemans – jeudi 26 mars 2020

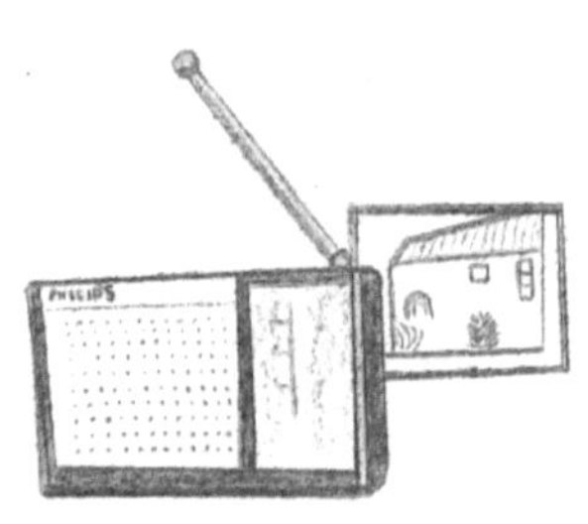

Troisième jour de planque ! Bruno n'aimait pas ce mot, connoté grand banditisme, mais il n'en trouvait pas d'autre pour qualifier la situation. Claire et lui étaient véritablement en planque pour échapper à la police et aux Soldats de la rédemption, en attendant… en attendant quoi ? Il n'en savait rien.

Pour le moment, les seules préoccupations de Bruno étaient la santé de Claire et son moral. Côté blessure, tout allait pour le mieux. La plaie cicatrisait bien. Bruno était devenu expert pour refaire le pansement quotidien, et Claire remarchait presque normalement. Il fallait même la freiner dans ses excès comme celui de vouloir aller se promener jusqu'à l'étang.

Le moral, quant à lui, remontait doucement. Rien à voir avec les heures qui avaient suivi la lecture des quatre lignes sur le bout de papier : la révélation du projet assassin de son mari !

Claire était restée muette jusqu'en début de soirée. Le temps de digérer cette trahison, sans parler du manque de ses enfants qui s'ajoutait à son désarroi.

Dès le lendemain, elle s'était toutefois montrée plus sociable et s'était même excusée de sa morosité auprès de Bruno.

Elle avait alors souhaité lui expliquer en détail l'élaboration du projet de rédemption. Une sorte de confession libératrice, avait pensé Bruno :

Daniel avait avoué à Claire qu'Ariane avait été sa maîtresse, tout comme Claire avait déjà expliqué à son mari sa faute avec Bruno, neuf ans plus tôt.

— Nous avions décidé de vous empoisonner en même temps, Ariane et toi, pour nous libérer de nos péchés. Il y a une quinzaine de jours, j'ai vu le film *De Gaulle* au cinéma. Je me suis souvenue de ton attrait pour les manuscrits. J'ai donc inventé cette histoire de lettre retrouvée en Bretagne pour te tendre un piège et t'enlever. Aujourd'hui, si tu savais comme j'ai honte et comme je regrette. D'autant que Daniel de son côté avait, sans me le dire, ajouté au groupe un faux coupable en la personne de Renaud. Il avait certainement déjà décidé de m'assassiner.

Elle avait repris sa respiration et retenu ses larmes avant de poursuivre :

— Quand je pense que Daniel avait déjà

organisé mon empoisonnement… Et moi, naïve, je me jouais de toi, comme la nuit où j'ai fait semblant de t'aider dans ton projet d'évasion souterraine. Daniel m'avait donné les consignes au téléphone. Il devait me rejoindre seulement le matin de ton empoisonnement et de celui d'Ariane. J'étais au courant qu'Hercule arriverait pour t'assommer. Je ne sais pas si un jour tu me pardonneras tout ça.

Elle s'était alors blottie contre lui.

Bruno lui avait déjà pardonné. Il avait tourné la page. Lui, c'était le présent qui le perturbait ! Cette nouvelle relation avec Claire, pleine de tendresse mais qui ne le satisfaisait pas.

Combien de fois s'était-il raisonné depuis trois jours, surtout quand elle venait se lover contre lui ?

Se contenir ! Ne pas griller les étapes !

Il était onze heures. Bruno regardait Claire en train de nettoyer une casserole dans l'évier.

Après le petit déjeuner, elle lui avait annoncé :
– Aujourd'hui, c'est moi qui cuisine. Je vais te préparer de bons petits plats.

Des mots doux, comme dans un couple d'amoureux !

Ce matin, elle avait passé une petite robe à fleurs au lieu du traditionnel pantalon. Elle avait cru bon se justifier : pour que le tissu n'irrite pas sa blessure en voie de guérison. Elle voulait passer la journée sans pansement.

Bruno la trouvait encore plus belle dans cette jolie tenue féminine. Il s'était d'ailleurs permis de lui faire un compliment. Elle lui avait répondu par un « tu es gentil ». Il aurait toutefois préféré un autre adjectif.

Bruno alluma l'antique transistor qui trônait sur le buffet. La recherche des stations se faisait par une molette qu'il tourna pour capter *France Info.*

Ils attendirent le flash et l'écoutèrent dans son intégralité. On ne parlait plus d'eux. Il n'y en avait que pour le virus. En date de la veille, le nombre de décès à l'hôpital avait désormais franchi la barre des mille trois cents. La courbe progressait à une vitesse faramineuse.

— C'est dramatique, commenta Claire. Mais au moins, notre recherche est passée au second plan.

Bruno la laissa rêver. Ce n'était certainement pas le virus qui allait dissuader la police et les Soldats de les retrouver.

— Bruno. Je veux te demander quelque chose.

— Oui, je t'écoute.

— Je vais mieux. Je veux sortir. Tu m'emmènes voir l'étang après le repas ?

Épisode 44

Les aiguilles du clocher affichaient onze heures dix. Les rues du village de Rochemans étaient désertes, confinement oblige. Depuis le début de la matinée, l'épicerie avait reçu la visite de seulement trois clients. Une affiche, collée sur la vitrine, imposait l'entrée d'une seule personne à la fois dans le magasin. Consigne présente uniquement pour la bonne forme !

La sonnette de la porte retentit.

– Voilà, voilà, on arrive, cria Sophie depuis l'arrière-boutique.

L'épicière était en train de classer les factures du mois de février en vue de les envoyer au comptable. Elle interrompit sa tâche pour aller servir le client.

Sophie poussa la porte battante et pénétra dans la boutique. Ce n'était pas un villageois. L'homme était jeune avec les cheveux coupés en brosse. Il portait des lunettes à monture noire.

La vigilance s'imposait.

– Bonjour monsieur.

– Bonjour madame. Lieutenant Dupuis, police judiciaire, répondit Jérôme Bellenci en présentant une fausse carte barrée de tricolore. Je voudrais vous parler. Pouvons-nous aller dans votre arrière-boutique pour être tranquilles ?

– Si c'est au sujet de mon frère, c'est inutile. J'ai déjà dit aux gendarmes que je ne l'avais pas vu et qu'il ne m'avait pas téléphoné.

– Oui, je le sais. Mais je pense qu'il peut encore se manifester auprès de vous.

– J'ignore si mon frère est coupable de ce qu'on l'accuse. Mais au risque de me répéter, si jamais il me contactait, je lui dirais tout de suite de se rendre. C'est la seule façon pour lui de prouver son innocence.

Elle avait mis beaucoup de conviction dans ses propos pour ne pas laisser le moindre soupçon s'emparer du policier.

– Justement, j'ai une chose à vous dire à ce sujet. Le téléphone portable de votre frère a été géolocalisé. Il se trouve actuellement dans la région. Nous pensons qu'il va prendre contact avec vous. S'il le fait, je compte sur vous pour nous prévenir.

– Oui, bien sûr, répliqua Sophie saisie par une énorme angoisse.

– Je ne vous ennuie pas plus longtemps. Au revoir madame.

Jérôme Bellenci quitta l'épicerie. Sophie passa

devant le comptoir et alla jusqu'à la porte. De derrière la vitrine, elle regarda le policier monter dans sa voiture et démarrer. Elle attendit quelques instants pour sortir de l'épicerie et suivre le véhicule du regard jusqu'à ce qu'il disparaisse au bout de la rue du village.

Sophie se précipita alors dans la cour derrière le magasin. Son mari était dans l'appentis en train de fixer des planches au mur. Depuis le temps qu'elle lui réclamait des rayons afin d'augmenter l'espace de rangement !

Elle l'appela :

– Pascal ! Je dois aller chez les Martin. J'ai oublié de leur poser les radis qu'ils avaient commandés. Tu peux me remplacer au magasin le temps de l'aller-retour ?

Le mari de Sophie releva la tête et regarda par-dessus les petites lunettes posées sur le bout de son nez.

– Pas de problème !

Le temps de prendre une botte de radis dans le rayon des légumes pour justifier le déplacement, Sophie partit à pied par le sentier. Plus discret que de prendre le Berlingo ! pensa-t-elle.

Bruno fut surpris de voir débarquer sa sœur à la Bergerie. Elle était essoufflée.

– Sophie, qu'est-ce que tu fais là ? lui

demanda-t-il. Tu ne devais pas revenir.

— Oui, mais c'est vraiment important.

Il alla jusqu'à la fenêtre et regarda au-dehors.

— Personne ne t'a suivie ?

— Non. Je suis venue à pied par le sentier pour ne pas sortir le Berlingo.

L'épicière raconta alors la visite du policier et la teneur de ses propos.

— C'est quand il m'a dit que ton téléphone avait été localisé dans la région que j'ai voulu te prévenir en urgence.

— Mais je n'ai plus de téléphone depuis une semaine, à moins que…

Il se tourna vers Claire.

— Ton téléphone a été détruit à Carantec, affirma celle-ci sans attendre la question. Justement pour que tu ne sois pas localisable.

C'était insensé ! Intimidation ? Le faux pour le vrai ?

Bruno se précipita dans sa chambre et attrapa le Sig-Sauer qu'il avait caché sous le matelas. Il retira le cran de sécurité et retourna auprès de Claire et de Sophie.

— Le deuxième sentier existe-t-il toujours ? demanda Bruno à sa sœur.

— Oui, je crois. Mais il est plus long. Je ne le prends jamais.

— Bon, tu vas descendre à la remise avec Claire. Vous vous enfermez toutes les deux et vous attendez que je revienne !

Épisode 45

– Perrine ! Rejoins-moi dans mon bureau ! Vite ! J'ai du nouveau.

Roland Pichat arborait un magnifique sourire.

La stagiaire accourut, une pochette sous le bras. Elle aussi avait des informations à communiquer à son supérieur. Elle s'installa sur la chaise, face à lui, de l'autre côté de la table.

– J'ai réussi à obtenir les identités de tous les occupants du château de Féniers, annonça Pichat. Je les ai croisées avec celles contenues dans nos fichiers. À part Bruno Martel et Ariane Nati, ils appartiennent tous aux Soldats de la rédemption, même les deux morts. Le personnel aussi. Idem pour Jérôme Bellenci en contradiction avec ses déclarations lors de son interrogatoire de lundi. Ça sent le massacre organisé à plein nez.

– Ça signifie aussi que mon intuition au sujet de Claire Lachard pourrait être la bonne, répliqua Perrine. Je suis presque sûre qu'elle a été contrainte de s'enfuir.

– Accompagnée d'un commandeur qu'elle aurait ensuite abattu ? C'est un peu tordu, non ?

Perrine avait suffisamment étudié la bible de Joseph Johnson à son arrivée pour ne pas avoir besoin de demander la définition du terme commandeur. Elle se fit seulement confirmer :

– Renaud Marcellin était commandeur ?

– Oui.

Les interrogations subsistaient, encore nombreuses. Si Claire Lachard avait été contrainte de s'enfuir, pour quelles raisons l'aurait-elle fait ? Dans ce cas, pourquoi ne pas se rendre directement dans une gendarmerie ? Pourquoi avoir tiré sur les deux motards ? Pourquoi avoir tué Renaud Marcellin ? Quel rôle Bruno Martel avait-il joué dans cette dramatique équipée ? Toutes ces questions restaient pour l'instant sans réponses.

Perrine profita de la réunion impromptue pour faire part du résultat de ses recherches à son supérieur. Elle ouvrit sa pochette :

– J'ai travaillé sur les états civils et les dossiers fiscaux de Claire Lachard et de Bruno Martel comme tu me l'avais demandé.

En effet, n'étant pas directement chargés du dossier, les deux policiers n'avaient pas accès à toutes les informations. Pichat avait dû imaginer des voies détournées pour récupérer des renseignements en marge de l'enquête officielle.

— Et ça donne quoi ?

— Claire Lachard est fille unique. Ses parents habitent dans le Nord. Le dossier fiscal est plus riche. Bien que résidant en Suisse, elle possède des biens en France que j'ai pu identifier grâce au cadastre.

— Beau travail, Perrine !

— Merci, surtout qu'il y en a beaucoup. Épouse de champion de golf, ça vous met à l'abri du besoin ! Trois maisons et cinq appartements sur le territoire français. Le problème, c'est qu'aucune des propriétés n'est à moins de cinq cents kilomètres de Féniers.

— De toute façon, nos collègues ont déjà dû les visiter, compléta Roland.

— Par contre, j'ai trouvé un truc intéressant du côté de Martel. Il n'a plus ses parents, mais il a une sœur qui tient une épicerie en Haute-Loire et un cousin qui habite dans le Midi.

— Oui, je sais. Les gars du PNAT ont interrogé la sœur. Ils n'ont pas trouvé de traces des fugitifs chez elle. De toute façon, le village est petit, ils ne seraient pas passés inaperçus.

— Laisse-moi finir ! Le cadastre m'a révélé une chose intéressante que je dois être la première à avoir trouvée : la sœur de Martel possède une petite maison isolée dans les bois de Rochemans. Elle l'a achetée au cousin, il y a une dizaine d'années. Et ça, personne ne le sait car le transfert de propriété est toujours en attente au cadastre pour un problème administratif de document manquant.

Perrine se délecta de l'expression du visage de son interlocuteur. Le capitaine était estomaqué par le travail minutieux réalisé par la stagiaire.

– Donc, conclut Perrine, si tu t'appelles Bruno Martel, que tu t'es enfui de Féniers et que tu cherches un endroit isolé et pas trop loin pour te cacher, où vas-tu ?

– Dans la maison de ma sœur à Rochemans, termina Roland Pichat. Bravo Perrine !

Elle n'était pas peu fière.

Le téléphone de Pichat sonna, interrompant les félicitations au grand regret de Perrine.

La conversation fut brève. Le capitaine de police raccrocha avec un large sourire et lança à sa stagiaire :

– C'étaient les collègues de Paris. Ils ont eu raison de ne pas ébruiter l'information. Je vais t'annoncer une nouvelle qui va conforter ton intuition féminine !

Épisode 46

Rochemans — le même jour

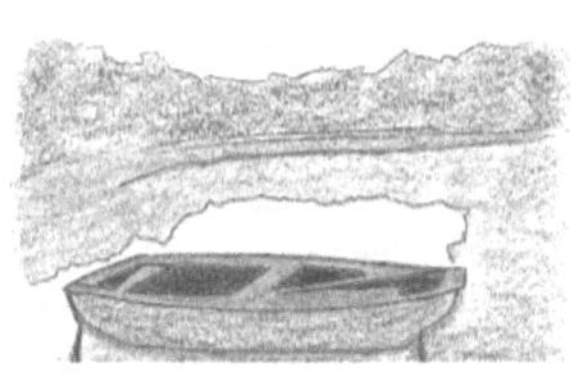

Bruno était retourné au village par le second sentier et revenu par le premier en se montrant vigilant. Son plan : repérer quelqu'un qui aurait pu suivre Sophie en le prenant à revers. Mais il n'avait surpris personne.

De retour à la Bergerie, il avait retrouvé les deux femmes dans leur cachette. Une exploration discrète des alentours n'avait révélé aucune présence humaine. Fausse alerte ! Sophie était repartie chez elle après avoir laissé sa botte de radis. Mieux valait que son absence à l'épicerie fût de courte durée.

Le stress était retombé. Claire voulait se changer les idées. Elle redemanda à Bruno de l'emmener jusqu'à l'étang. Celui-ci rappela qu'il faudrait marcher une quinzaine de minutes à travers bois pour l'atteindre. Claire insista.

Après tout, à part la durée, le trajet ne représentait aucune difficulté, même en robe et en petites chaussures.

Ils partirent donc à travers bois en direction de l'étang. Incroyable persistance de la mémoire ancienne ! Des années que Bruno ne s'était pas rendu à l'étang, pourtant il retrouva aisément le chemin.

Une demi-heure plus tard, le couple découvrait avec ravissement l'étang bordé d'arbres et de roseaux. Une barque était amarrée à un ponton de fortune. Le calme qui régnait était des plus apaisants.

– Rien n'a changé, expliqua Bruno. Quand j'étais gamin, je venais me baigner ici avec mon cousin. On était courageux car, même en été, l'eau est très froide. Et regarde ! Là, c'est la barque de Pascal. Il vient pêcher tous les dimanches. Il faudra d'ailleurs trouver une solution pour dimanche prochain au cas où il décide de passer par la Bergerie.

Claire dévorait des yeux l'agréable paysage. Pour la première fois depuis une semaine, elle retrouvait la sérénité.

– Pas trop fatiguée ? demanda Bruno. Et ta jambe ?

– Ça tire un peu, mais je ne regrette pas d'être venue jusqu'ici. Si tu savais comme je me sens mieux tout à coup !

Il l'avait deviné. Il la trouvait rayonnante. Ils s'assirent sur la berge.

– Je prends vraiment conscience des

conneries que j'ai pu faire depuis deux ans.

Bruno n'était pas psychologue, mais il sentait qu'elle avait envie de parler.

— Tu n'as pas à te justifier, lui répondit-il. Mais si ça te fait du bien de te confier, comme au temps du lycée, ne te retiens pas !

Elle lui renvoya un sourire.

— Tu dois te demander comment je suis tombée là-dedans. Je vais t'expliquer : fin 2017, Emma a contracté une méningite foudroyante. Elle a été hospitalisée. Tu sais comme je suis croyante. J'ai beaucoup prié pour que ma fille guérisse. Mais en moins de deux jours, l'état d'Emma s'est aggravé. Les médecins nous ont annoncé que son organisme avait rejeté tous les traitements. Un cas rare, mais il a fallu que ça tombe sur ma fille. Emma était condamnée. Elle en avait pour un jour, voire deux au maximum. Je suis restée à son chevet et j'ai continué de prier. Le lendemain après-midi, alors que l'état d'Emma avait encore empiré, un couple m'a abordée dans le couloir de l'hôpital. Il avait l'air de connaître la situation. Il m'a remis un livre dont certains passages étaient entourés au crayon. Il m'a dit de retourner dans la chambre et de les lire à haute voix en y croyant très fort.

— Le couple appartenait aux Soldats ?

— Oui. Et j'ignorais la raison de leur présence dans le couloir.

Bruno le savait. Les Soldats de la rédemption

connaissent les endroits où trouver des gens en détresse pour les enrôler. Un hôpital pour enfants, par exemple !

— J'ai lu comme ils me l'avaient demandé. Sans arrêt, pendant des heures ! Et en fin de journée, Emma a remué la tête et ouvert les yeux. Une semaine plus tard, elle était guérie !

Claire n'eut pas besoin d'expliquer davantage. Cette journée avait suffi pour la convaincre de rejoindre les rangs des Soldats de la rédemption.

— Plus tard, les médecins m'ont avoué qu'ils avaient tenté un dernier traitement non encore autorisé et qu'il avait fonctionné. Mais pour moi, c'était la lecture de la bible des Soldats de la rédemption qui avait sauvé ma fille.

Un témoignage parfait qui aurait pu étayer la thèse de Bruno, si celui-ci en avait eu connaissance à l'époque !

Épisode 47

 Bruno avait écouté Claire attentivement, captivé qu'il était par l'authenticité de ce témoignage poignant.

Quant à Claire, jamais elle n'aurait cru que lui raconter tout ça la soulagerait. Elle se laissa tomber en arrière pour s'allonger. Elle regarda le ciel bleu. Des oiseaux le traversaient. Claire se sentait libre, comme eux. Elle était bien !

Bruno bascula sur le côté pour la rejoindre et s'appuya sur le coude.

Une folle envie de l'embrasser ! Mais le souvenir du passé l'en empêcha.

Claire sentait se déclencher au plus profond d'elle-même un séisme qu'elle ne maîtrisait pas. Elle savait seulement qu'elle était enfin sortie de son état d'hypnose. Elle avait désormais retrouvé son libre arbitre. Mais elle ressentait un vide au fond d'elle-même. Elle avait besoin de le combler, mais sans laisser aux autres le soin de le faire.

Pour commencer, elle dévora l'image de Bruno allongé à côté d'elle. Sa patience, sa gentillesse, son pardon et beaucoup d'autres choses, indéfinissables, ou tout du moins qu'elle ne voulait pas définir !

Tout s'était écroulé autour d'elle, mais Bruno était là, toujours là.

Elle eut envie de se faire toute petite pour qu'il la protège. Elle voulait ne plus avoir le moindre secret pour lui afin qu'il la possède tout entière.

Elle glissa la tête sous l'épaule de Bruno.

— J'ai encore besoin de te raconter un morceau de ma vie que je voudrais ne jamais avoir vécu. Pourtant personne ne m'a forcée. Tant pis si après tu me prends pour une folle.

— Une folle ne m'aurait pas, par deux fois, sauvé la vie, répliqua-t-il.

Belle pirouette ! Il avait réussi à taire la condamnation à mort dont elle était à l'origine.

Elle se lança :

— Après la guérison d'Emma, Daniel et moi avons entretenu des relations étroites avec les Soldats de la rédemption. Daniel leur a apporté un énorme soutien financier. Nous avons appris l'histoire de cette religion et les exigences de son dogme dont la rigueur n'était pas pour me déplaire. Daniel s'intéressait davantage aux procédés utilisés pour convertir les autres. Sur ce sujet, je restais en retrait. La pensée pieuse me suffisait. Je ne voulais pas faire de prosélytisme. J'avais d'ailleurs émis des réserves sur certaines méthodes utilisées par les Soldats. J'avais souvent des divergences avec Daniel sur ce point-là jusqu'au jour où il a invité le couple de l'hôpital. Ils sont venus dîner à la maison. Nous avons beaucoup parlé avec eux. Par la suite, ils nous ont reçus plusieurs fois chez eux. Ils étaient très forts, car ils ont réussi à mettre le doute en moi. Ils m'ont convaincue que je n'étais pas un bon Soldat et que j'avais encore beaucoup à apprendre.

– La méthode est hélas classique ! commenta Bruno. Le procédé est utilisé dans beaucoup de sectes.

Claire poursuivit :

– Je devais renforcer ma foi. Ils disaient qu'ils croyaient en moi, que je pouvais devenir une meilleure fidèle. La proposition qu'ils allaient me faire était réservée à une élite. J'étais libre d'accepter ou de refuser. À moi de saisir ma chance. Malgré leurs explications, j'ai hésité, mais le signe approbateur de Daniel a fini par me convaincre.

Engelmatt (Alpes suisses) – deux ans plus tôt,
janvier 2018

L'ancien monastère bénédictin apparut au dernier moment, tant le brouillard hivernal était dense. La Mercedes s'arrêta devant la grande porte en bois et en fer forgé. Claire descendit, ferma son manteau pour se protéger du froid qui la pénétrait et attendit. Elle n'avait aucun bagage.

La porte s'ouvrit. Elle entra. Sur la table au début du grand couloir, il y avait un masque de sommeil comme ceux que l'on place sur les yeux quand on veut dormir dans les avions. Conformément aux consignes qu'elle avait reçues, elle s'en saisit et l'ajusta sur ses yeux. Elle attendit de nouveau.

Claire sentit une main prendre la sienne. Aveugle, elle se laissa guider. Elle appréhendait les deux semaines qu'elle allait passer dans ce monastère, tout en se réjouissant par avance : sa foi en ressortirait renforcée.

Épisode 48

*Récit par Claire de son séjour au monastère
d'Engelmatt*

Au bout de quelques jours, je sentais déjà les transformations qui s'opéraient en moi.

La vie spartiate n'était plus une contrainte, alors qu'elle m'avait horrifiée lorsque, au début, on m'avait expliqué comment se déroulerait mon séjour.

Dès mon arrivée, j'avais dû retirer la totalité de mes habits pour me vêtir d'une simple robe de bure. Le tissu grossier m'irritait la peau. Je devais marcher pieds nus. On était en plein hiver. Il n'y avait aucun chauffage dans le monastère dont le sol était dallé de pierres. J'ai pensé ne jamais pouvoir résister au froid. Pourtant, au fil des jours, mon corps s'est habitué à la température glaciale et à mon grand étonnement, je ne suis pas tombée malade.

Je passais la plupart du temps dans une cellule monacale exiguë qui ressemblait plus à un cachot qu'à une chambre. L'équipement se limitait à un lit, sans drap ni couverture, une table sans la moindre chaise, un w.c. dépourvu de tout accessoire et un lavabo sans eau chaude. Ce dernier point était par ailleurs sans importance, car les règles en vigueur m'interdisaient de me laver. C'était un symbole : durant mon séjour, je devais garder sur moi la saleté qui représentait mes péchés.

Je n'avais pas le droit de quitter ma cellule. De toute façon, la porte de bois et de fer ornée de gros clous était verrouillée de l'extérieur.

Je n'avais pour seul éclairage que la lumière du jour qui provenait d'une ouverture à hauteur de plafond.

Le même emploi du temps se répétait quotidiennement. Dès l'apparition des premières lueurs du jour, je devais me lever et prier. Ensuite, je prenais la bible sur la table, me remettais à genoux et apprenais par cœur les passages que l'on m'avait indiqués la veille.

Lorsque j'entendais tambouriner contre la porte de ma cellule, je me précipitais pour remettre mon masque sur les yeux car je ne devais voir personne. On m'emmenait rejoindre un groupe de femmes, certainement en stage comme moi. Je ne les voyais pas et j'ignorais leur nombre.

Un Commandeur nous dispensait notre enseignement. Nous ne connaissions ni son nom, ni son visage à cause de nos yeux bandés, seulement sa voix, sévère et porteuse d'exigence !

Nous étions interrogées et devions réciter les textes appris par cœur. En cas d'erreur, la sanction tombait. Elle s'appliquait au réfectoire, lors du seul repas quotidien auquel nous avions droit. La nourriture de notre esprit devait se substituer à celle de notre corps.

Celles qui étaient punies pour avoir mal récité passaient tout le temps du repas à genoux sur un bâton posé sur le sol. J'ai été sanctionnée par deux fois pendant la première semaine. Ensuite, j'ai fait du zèle. Je crois même avoir été une des meilleures élèves.

Notre formation consistait en l'apprentissage de morceaux choisis et leur étude approfondie. On nous inculquait aussi les règles à observer et les actions à entreprendre pour obtenir la rédemption de nos péchés. Au bout de huit jours, j'étais totalement conditionnée au point de vivre la seconde semaine de mon séjour comme une révélation spirituelle.

Le dernier jour, le Commandeur en personne m'a demandé de sa voix sévère de quitter ma robe de bure et d'entrer dans une piscine d'eau glacée pour terminer de me nettoyer : le corps après l'esprit ! Quand je suis sortie de l'eau, il ne m'a pas donné de serviette pour me sécher. Ça n'avait aucune importance, je me sentais forte et lavée de la plus grande partie de mes péchés. Il m'a reconduit jusqu'à ma cellule sans me rendre ma robe de bure. Je n'avais pas froid.

Jusqu'à lundi dernier, je n'avais aucune idée de qui pouvait être ce Commandeur. C'est dans la clairière quand j'ai entendu Renaud m'ordonner de sa voix sévère de te tuer que j'ai compris que c'était lui le Commandeur du monastère d'Engelmatt.

De nouveau enfermée dans ma cellule, j'ai retiré mon masque. Mes vêtements civils étaient posés sur la table. Je me suis habillée. On est venu me chercher. La Mercedes m'attendait dehors pour me ramener à Vevey.

J'ai retrouvé Daniel. Il m'a dit qu'il était fier de moi.

Après ce séjour à Engelmatt, je n'étais plus la même. J'étais devenue un robot. J'étais prête à tout pour me laver du reste de mes péchés.

Claire avait terminé son récit, soulagée d'avoir tout raconté à Bruno. Pour qu'il comprenne son abominable parcours !

Elle n'avait pas à s'inquiéter. Il avait tout compris ! Tout en restant allongé, il lui passa le bras derrière le cou, une façon à lui de répondre.

— Comment ai-je pu perdre toute ma lucidité ? se désola Claire.

— Parce qu'ils ont été très forts, alors que toi, tu étais dans un état de faiblesse. Et aussi parce qu'ils emploient des méthodes de conditionnement imparables. Mais l'important est que tu l'aies retrouvée cette lucidité !

— Oui, je l'ai retrouvée pleinement quand j'ai compris que je ne voulais pas te perdre. Ça a été plus fort que tout ce qu'ils m'avaient inculqué depuis deux ans.

Elle s'arrêta un court instant pour une dernière réflexion. Elle voulait en être sûre. Elle avait commis tant d'erreurs. Oui ! Cette fois, elle en était sûre.

— Je ne veux plus te quitter, dit-elle à Bruno en le regardant droit dans les yeux.

Déterminée, elle conclut :

— Je t'aime.

Les visages se rapprochèrent, les lèvres se rencontrèrent, puis les langues s'emmêlèrent dans un long baiser langoureux.

Épisode 49

Rochemans – vendredi 27 mars 2020

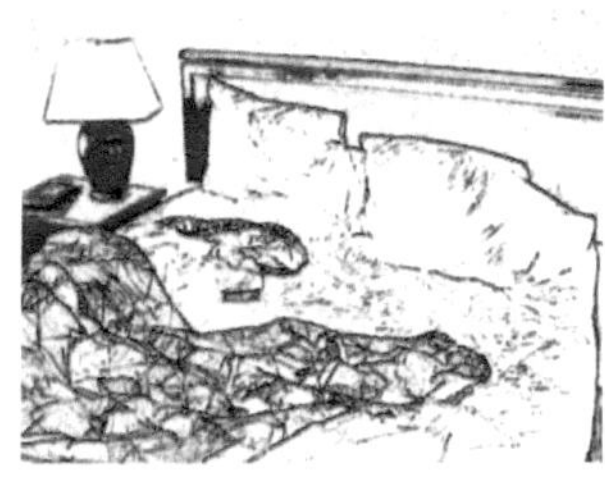

Ils avaient rompu avec les habitudes du lever des jours précédents et étaient restés au lit jusqu'à dix heures.

Une nuit remplie d'amour. Intense par les émotions et les sentiments échangés, plus que par les relations physiques. Ils étaient réveillés depuis longtemps, le lit était complètement défait, mais ils n'avaient aucune envie de se lever. Ils étaient tellement bien, blottis l'un contre l'autre !

Finalement, la raison, aidée par la faim, l'emporta. Claire et Bruno sortirent en même temps du lit et quittèrent la chambre pour préparer le petit déjeuner.

Face à son bol de café, chacun avait encore du mal à réaliser cet incroyable aboutissement qui leur semblait pourtant désormais évident. Ils vivaient intensément l'instant présent, tant il était impossible de se projeter dans l'avenir. Quel serait cet avenir ? Bien malin qui pourrait

"

répondre ! Le bonheur ? La prison ? La mort ?

Cette fois enfin, un lien indéfectible s'était noué. L'amour les avait terrassés. Pour Bruno, cet amour était presque une évidence depuis toujours. Et pour Claire, qui avait tant de fois refoulé ce sentiment, plus question désormais de le rejeter. Elle se laissait enfermer définitivement dans cette délectable prison et ne voulait absolument plus en sortir. Les temps avaient bien changé !

Le petit déjeuner terminé, ils se retrouvèrent face à la réalité.

— À partir de demain, Pascal risque de venir à la pêche, dit Bruno. Je vais aller voir discrètement Sophie pour savoir comment on fait.

— Je veux aller avec toi.

— Non, à deux, on risque d'attirer l'attention au village. Et puis hier, tu as pas mal forcé sur ta jambe. Même en prenant le sentier, il y a plus d'un kilomètre aller-retour. Ça fait plus loin que l'étang. Reste bien tranquille ici et repose-toi !

Elle n'avait plus envie de le quitter et elle avait peur toute seule. Bruno sortit le Sig-Sauer de sa cachette et le lui donna pour la rassurer. Elle le prit sans enthousiasme et le déposa dans le tiroir du buffet.

— Je ferai le plus vite possible, conclut Bruno en enfilant un pull. Je serai de retour dans moins d'une heure.

– Reviens-moi vite mon amour !

Ils échangèrent un baiser et Bruno quitta la maison. Claire alla jusqu'à la fenêtre pour le regarder partir. Elle avait envie de pleurer. Tout allait si vite.

Elle devait s'occuper l'esprit. L'idée de faire le lit et un peu de ménage s'imposa à elle comme une activité évidente jusqu'au retour de Bruno.

Claire ne s'était pas encore habillée. Elle repensa à ce que lui avait dit Bruno la veille au sujet de sa robe à fleurs : « tu es ravissante dans cette petite robe ». Une bonne raison pour la remettre !

Avant de finir de se vêtir, elle examina sa blessure. Elle lui faisait un peu mal, sans doute à cause de la marche de la veille, mais la cicatrisation se poursuivait normalement. Bruno avait raison, il ne fallait pas faire d'excès pour que la guérison continue.

Une fois prête, elle chercha un balai et commença l'opération ménage. Elle s'imagina être Blanche-Neige dans la maison des sept nains au milieu de la forêt. Elle sourit intérieurement de cette pensée cocasse.

Quand elle rangea le balai, elle retourna à la chambre pour faire le lit.

Déjà une demi-heure que Bruno était parti. Vivement qu'il revienne !

Elle entendit du bruit provenant de l'entrée.

Ah, le voilà, il a fait vite !

Elle s'empressa de retourner dans la grande

pièce.

Épisode 50

Quand elle arriva dans la grande pièce, Claire crut que son cœur allait s'arrêter de battre. Ce n'était pas possible !

Son mari était là sur le seuil, à l'entrée. Claire se figea.

– Surprise de me voir ? lui lança ironiquement Dan Lachard.

Partir ? Fuir ? Courir ? Oui mais comment ? Il bloquait la porte. De toute façon, elle était incapable de bouger.

Dan Lachard s'approcha de son épouse. Il lui envoya en pleine figure un revers de main qui s'apparentait plus à une manchette d'art martial qu'à une gifle. Une force identique à celle qu'il déployait sur le green avec un club de golf. Déséquilibrée, Claire tomba.

Jamais, il ne l'avait frappée auparavant !

– Je suis tellement content de t'avoir retrouvée ! poursuivit-il avec sarcasme.

Complètement sonnée, Claire l'écoutait sans réagir. Du sang coulait au coin de sa bouche. Le coup lui avait éclaté la lèvre inférieure.

— Debout ! On a à parler tous les deux.

Elle reprenait ses esprits. Elle s'appuya contre le buffet pour se relever.

— J'ai rien à te dire, Daniel ! Va-t'en !

Si seulement Bruno pouvait revenir et le surprendre ! Hélas, il était encore trop tôt !

— Je vais bientôt partir, sois tranquille ! Juste une formalité à régler auparavant. Nous avons eu du mal à te retrouver, mais nous y sommes parvenus grâce à la perspicacité de Jérôme. Tu as trahi ton serment et tu as assassiné un guide de notre Église. Je suis donc venu te tuer, Claire !

Elle le savait. Toute cette histoire ne pouvait pas se terminer autrement.

Le rêve commencé la veille au bord de l'étang n'avait duré qu'une nuit. Sa vie, tout du moins le peu qu'il en restait, redevenait un cauchemar. Bizarrement, elle en était presque résignée.

Dan Lachard sortit un pistolet de sa poche et le pointa sur sa femme.

— C'est comme ça que ça va se terminer, Claire. Mais tu as d'abord un travail à finir pour nous absoudre de nos péchés. Tu dois tuer Bruno !

Il abaissa son arme.

— Non, tout ça c'est terminé ! répliqua-t-elle. Les Soldats m'ont manipulée et toi aussi, Daniel, tu m'as manipulée. Jamais je ne tuerai

Bruno !

– Oh si, tu vas le faire ! Et j'ai de bonnes raisons de le croire.

Elle était résolue.

– Non. La rédemption des péchés, le salut de mon âme, c'est fini tout ça ! Il n'y a aucune bonne raison !

– Maxence, Emma et Louise.

– Laisse nos enfants en dehors de tout ça !

– Oh non, car ce sont eux la bonne raison. Toi, tu vas mourir, c'est une affaire entendue, mais auparavant tu as un choix très simple à opérer : soit tu tues Bruno de ta main et dans ce cas Maxence, Emma et Louise restent en vie, soit tu refuses et ils meurent !

L'horreur ! L'impensable ! Non, elle avait mal entendu !

Claire eut un haut-le-cœur. Elle s'accrocha au buffet pour ne pas retomber. Ce n'était plus un cauchemar, c'était l'enfer !

Appuyée sur le rebord, la lèvre en sang, elle n'avait même pas la force de répondre. Elle réussit tout de même à lui dire :

– Tu es un monstre Daniel. Tu ne peux pas. Ce sont nos enfants.

Il ne l'écoutait pas. Il se dirigea vers la fenêtre et l'ouvrit. Il tendit au-dehors le bras dont la main tenait le pistolet.

– Alors Claire ? Tu as fait ton choix ?

Regarde par là ! Bruno est allé chez sa sœur, c'est ça ? Il ne devrait pas tarder à revenir par le sentier. Tu as juste à viser comme ça. Et tu tires quand il arrive.

Dan Lachard regarda froidement sa femme enchaîner les spasmes et les pleurs. Il décida de la laisser quelques instants plongée dans ses sanglots et ses convulsions. Pas trop longtemps, tout de même, sinon ils risquaient de manquer le retour de Bruno.

Épisode 51

Claire était effondrée. Son désarroi était total. L'impossible choix tourbillonnait dans sa tête. Étourdissant !

Je ne veux pas tuer Bruno ! Mais si je refuse, Daniel tuera mes enfants. Je dois sauver mes enfants. Pour ça, je dois tuer Bruno. Non ! Non ! Non ! Aucun d'eux ne doit mourir. Mon Dieu, aidez-moi !

Elle aurait préféré que Daniel la tue tout de suite !

Dan Lachard la rappela à l'ordre :

– Décide-toi, il va bientôt revenir !

Elle ne voulait pas décider. Il n'y avait aucun choix possible. Ses sanglots avaient cessé, elle n'avait plus de larmes, plus de force. Elle se lamentait en silence.

Je n'ai aucune solution pour sortir de cet enfer ! Il faudrait que Daniel ne soit jamais venu ou qu'il disparaisse… Qu'il disparaisse ? Mais, oui ! Pour sauver Maxence, Emma et Louise sans tuer Bruno, il n'y a qu'une solution :

Je dois tuer Daniel !

Le pistolet ! Dans le tiroir ! Juste là, à portée de main !

Résolue, Claire fit mine de se retenir au buffet en tournant le dos à son mari. Elle entrouvrit le tiroir. Le Sig-Sauer était là, à l'endroit où elle l'avait posé quand Bruno le lui avait remis avant de partir pour l'épicerie.

Près de la fenêtre, Dan Lachard s'impatientait.

– Allez ! Remue-toi ! Pense à tes enfants !

Il n'employait même pas l'expression « nos enfants » !

Claire saisit de la main droite le Sig-Sauer par la crosse et se retourna violemment pour faire face à son mari. Elle pressa la détente.

Rien ne se passa.

Le cran de sécurité ! Elle n'avait pas enlevé le cran de sécurité. Pourtant, Bruno lui avait montré.

Dan Lachard se figea pendant deux secondes, tant il était sidéré par la réaction de son épouse. Il l'avait imaginée anéantie mais assez conditionnée pour se conformer à son ordre de tuer Bruno.

Il n'en était rien. Elle avait réagi et avait voulu tirer sur lui.

Heureusement qu'elle a été assez conne pour oublier la sécurité ! se dit-il.

Cela changeait tout ! Dan Lachard pivota et pointa son arme dans la direction de sa femme.

Une course de vitesse à la fraction de seconde près ! Claire, dans un sursaut de clairvoyance, dégagea le cran de sécurité. Pas le temps de viser ! Elle tira la première. La balle se logea dans l'épaule droite de son mari. La fraction de seconde qui avait manqué à Dan Lachard pour presser la détente ! Le choc lui fit lâcher son arme.

Claire n'eut pas le réflexe d'ajuster un nouveau tir. Elle était terrorisée ! Ne pas attendre qu'il se ressaisisse ! S'enfuir ! L'accès à la porte d'entrée était libre. Elle ne réfléchit pas davantage et courut hors de la maison.

Mais pourquoi n'avait-elle pas tiré une seconde fois ? Trop tard pour le regretter !

Où aller ? N'importe où ! À travers bois pour lui échapper, pour se cacher !

Vêtue de sa petite robe à fleurs, Claire courait entre les arbres, à perdre haleine, sans se retourner, sans s'occuper de sa douleur à la cuisse. Les branches basses lui cinglaient le visage et lui griffaient les bras et les jambes.

Il était derrière elle. Elle en était certaine. Bien loin ou très proche ?

La réponse arriva, apportée par le coup de feu. Heureusement, la balle ne l'atteignit pas. Si Daniel avait tiré, c'est qu'il avait dû la repérer.

Accélérer ! Pourvu que ma jambe tienne !

Pendant ce temps, Bruno revenait du village par le sentier. La Bergerie n'était plus très loin. Ça n'avait pas été évident d'approcher Sophie sans que personne le voie, et surtout pas Pascal, mais il y était parvenu.

Sophie avait expliqué à Bruno que le problème de dimanche était résolu. Elle avait déjà persuadé son mari de ne pas aller à l'étang, simplement par respect du confinement. Pascal avait souscrit à cette décision. Au lieu de la partie de pêche, il terminerait l'aménagement de l'appentis.

Bruno entendit soudain une détonation.
– Claire !
Il se mit à courir. La maison était toute proche. Quand il l'atteignit, il se précipita à l'intérieur. Personne !
Où était Claire ? Avait-elle dû se défendre contre une attaque ? Les Soldats ? Les gendarmes ? Non, pas les gendarmes, elle n'aurait pas tiré sur les gendarmes !
La maison était bien rangée. Avait-elle été enlevée ? Peut-être se cachait-elle ! Il ressortit et alla jusqu'à la remise sous la maison. Claire n'y était pas non plus.

Épisode 52

Claire n'en pouvait plus. La douleur à la jambe était trop forte. Elle ne serait pas capable de courir encore bien longtemps. Elle devait s'arrêter. Mais il risquait de la rattraper.

Elle passa à côté d'une énorme souche. Un trou, un renfoncement. Elle n'hésita pas une seconde. Elle se jeta derrière le bois mort, se tapit sur le sol et tenta de maîtriser sa respiration pour qu'on ne l'entende pas. Puis elle attendit.

Ce ne fut qu'à cet instant qu'elle réalisa qu'elle pouvait se défendre en ripostant avec le pistolet. Mais où était-il ? Elle ne l'avait plus dans la main. Sa robe ne possédait pas de poches. Elle l'avait perdu ou simplement lâché en s'enfuyant. Quelle idiote elle était !

Dan Lachard s'arrêta. Il ne la voyait plus. Il scruta le sous-bois à l'affût du moindre mouvement, du moindre bruit. Elle ne pouvait pas être bien loin. Il posa la main contre son épaule blessée.

La garce ! jura-t-il. Heureusement qu'elle n'a

pas pris le temps de viser.

Il était certain qu'elle était quelque part devant lui, cachée derrière un arbre. Il devait la trouver !

Dans son trou, Claire remonta le bas de sa robe. Sa cuisse saignait. Sa blessure s'était rouverte. Elle ne chercha pas à établir un diagnostic plus précis.

Où est-il ? Il n'est pas du genre à abandonner. Il va finir par me trouver si je reste ici. Je dois me relever et repartir. Mais je ne vais pas pouvoir courir bien longtemps.

Soudain, le déclic : la barque !

Courir jusqu'à l'étang ! Il n'est pas très loin. Sauter dans la barque et ramer jusqu'au milieu de l'étang. Se coucher pour éviter les balles. S'il veut me rejoindre, il faudra qu'il vienne me chercher à la nage.

Aucun bruit ne révélait la présence de Daniel. S'était-il éloigné ? Était-il tout proche ? Il fallait se décider.

Claire se releva, regarda rapidement autour d'elle, puis reprit sa course. Selon ses souvenirs de la veille, l'étang devait être là-bas. Oui, c'était ça, la déclivité du terrain le confirmait. La douleur de sa cuisse la rappela à l'ordre. Elle dut s'arrêter. Elle en profita pour se retourner et aperçut Daniel. Il courait dans sa direction en se tenant l'épaule.

Vite ! La barque ! Claire surmonta la douleur et s'élança dans la pente.

Enfin l'étang apparut.

Claire se précipita sur le ponton. La barque était amarrée par une corde à un pieu de bois. Vite, défaire le nœud ! Oh non, trop serré ! Elle n'y arrivait pas.

Daniel était en haut de la pente. Il vit son épouse en train de détacher la corde. Ne pas la laisser partir avec la barque ! Il pointa son arme en direction du ponton et tira. Mais la balle se logea dans un tronc d'arbre.

La détonation affola Claire. Et le nœud de cette corde qui ne voulait pas se défaire ! Elle se retourna. Il se rapprochait. Il allait la tirer comme un lapin. Trop tard pour détacher la barque !

Les roseaux ! Se cacher dans les roseaux ! Elle abandonna la corde et sauta dans l'étang. L'eau était glacée, mais ça n'avait aucune importance. Elle fut surprise d'avoir pied. Le fond vaseux la gênait tout de même pour marcher. Elle se jeta en avant et nagea. Les premiers roseaux étaient à quelques mètres. Elle entendit une nouvelle détonation et l'eau gicler à côté d'elle. Plus qu'un mètre !

Elle entra dans la forêt de roseaux. Elle cessa de nager et marcha en écartant les tiges. Enfin, elle n'était plus une cible visible !

Sur le ponton, Dan Lachard regardait

l'étendue des plantes aquatiques au milieu desquelles sa femme avait disparu.

Si j'étais à sa place, qu'est-ce que je ferais ? J'avancerais le plus loin possible. Le coin marécageux, là-bas, inaccessible par la berge ! Je suis sûr que tu cherches à l'atteindre, Claire ! Mais ne rêve pas !

Dan Lachard termina de dénouer la corde et s'installa dans la barque. Il déploya les rames et s'écarta du ponton. Son épaule le rappela à son bon souvenir, mais la rage qui l'habitait était la plus forte.

L'embarcation s'éloigna du rivage et atteignit rapidement la zone de marécage.

Dan Lachard cessa de ramer, se leva et observa les roseaux. La barque tanguait. Il fallait tenir l'équilibre, mais debout, il dominait l'étendue des plantes aquatiques. Il en vit bouger à quelques mètres. Cette fois, pas besoin de viser. Il suffisait de tirer là où les roseaux remuaient.

Trois coups de feu retentirent à la suite.

Il baissa son arme et observa.

Plus rien ne bougeait. Il était certain de l'avoir touchée.

Il l'imagina sérieusement blessée. Une agonie qui finirait inévitablement par une noyade !

Épisode 53

Le goudron avait laissé la place aux cailloux et aux ornières. Le capitaine Pichat coupa le moteur de la Peugeot 206 banalisée.

– On enfile les gilets pare-balles et on continue à pied, dit-il à sa stagiaire. Normalement, la maison est à cinq cents mètres.

Perrine était ravie de participer à l'opération. Elle avait toutefois évité d'émettre une quelconque remarque sur son aspect peu réglementaire. L'enseignement reçu à l'école de police était encore suffisamment frais pour savoir que l'intervention n'était pas de leur ressort. Bien sûr, Roland avait dit qu'ils n'effectueraient qu'un simple repérage. S'il s'avérait que Claire Lachard et Bruno Martel étaient bien en planque dans la maison appelée la Bergerie, ils en informeraient le PNAT sur le champ.

La stagiaire comprenait parfaitement les motivations du capitaine. Impossible d'être au cœur d'une affaire touchant les Soldats de la rédemption et rester tranquillement au bureau à attendre ! Elle aussi avait pris goût à cette recherche et souscrivait pleinement au choix de son supérieur.

Quand la Bergerie fut à portée de vue, les policiers quittèrent le chemin et terminèrent leur progression à travers bois.

Ils approchaient silencieusement, quand tout à coup ils aperçurent un individu devant la Bergerie. Ils s'arrêtèrent immédiatement et observèrent de loin.

L'homme semblait chercher quelque chose autour de la maison. Malgré la distance, les policiers reconnurent Bruno Martel.

— Bingo ! chuchota Roland. Tes recherches cadastrales ont payé. Tu as droit aux félicitations du jury !

Perrine engrangea le compliment.

— Claire Lachard est certainement dans la maison, poursuivit Pichat. Mais on ne va pas prendre le risque d'aller vérifier. On décroche ! On retourne à la voiture et on appelle les copains !

Décision raisonnable.

Arrivés près de la Peugeot 206, ils entendirent trois détonations à la suite.

Les coups de feu changeaient complètement la donne. Il fallait intervenir. Mais pas question d'exposer la stagiaire ! Roland Pichat irait seul.

— Perrine ! Passe sur la fréquence de la

gendarmerie, explique-leur la situation et attends-moi ici !

Il sortit son arme et repartit vers la Bergerie en courant. Il était totalement en dehors du règlement. Intervention en solitaire ! Sur un lieu où il n'aurait pas dû se rendre sans ordre ! Avec une stagiaire qu'il ne devait pas exposer au danger ! Au minimum, il était bon pour un blâme. De toute façon, il fallait assumer : il ne pouvait pas ignorer les coups de feu. Qui tirait ? Claire Lachard ? Bruno Martel ?

Il aurait souhaité entendre encore une détonation pour se diriger au bruit. Mais rien. Il décida d'entrer dans la maison.

Pendant ce temps, Bruno courait à travers bois. Les trois coups de feu provenaient de l'étang.

Tiens bon, Claire ! J'arrive !

Pourvu qu'il ne soit pas trop tard !

Perrine avait terminé de passer l'appel à la gendarmerie. Elle était ressortie de la 206. Elle scrutait le chemin pour guetter le retour de Roland. Elle rongeait son frein.

Elle avait entendu les détonations, tout comme son capitaine, mais il lui avait semblé qu'elles provenaient de la droite, pas de la maison.

Bon sang, je ne vais pas attendre jusqu'à la Saint-Glinglin ! J'ai donné l'alerte comme il me l'avait demandé. Et maintenant, je devrais rester là sans rien faire !

Épisode 54

L'eau était glacée. Malgré le froid, Claire ressentit une décharge électrique dans le bras droit. Un des trois tirs venait de l'atteindre au-dessus du coude.

Combien de balles allaient encore mitrailler les roseaux ? Combien de temps lui restait-il à vivre avant qu'un nouveau projectile ne l'atteigne et, cette fois, la tue ? Elle l'ignorait mais n'avait même plus peur. Désormais, elle savait qu'elle allait mourir. Elle s'y résignait. Ce fou qui était encore son mari allait gagner.

Elle était prête à tout abandonner. Elle pensa une dernière fois à Maxence, à Emma et à Louise. Daniel allait les assassiner. Cette image horrible lui provoqua soudain un ultime réflexe de survie. D'abord, se protéger : elle s'agenouilla sur le fond vaseux. Seule sa tête émergeait. Elle devenait une cible plus difficile à atteindre.

Malgré l'eau glacée qui la paralysait, malgré sa nouvelle blessure au bras, elle devait trouver le moyen d'empêcher Daniel de tuer les enfants.

Il a l'avantage d'être au sec, de dominer la situation et de posséder une arme.

L'idée qui germa dans la tête de Claire était complémentent folle. Mais que risquait-elle à la mettre en œuvre ? Se faire tuer ? Qu'est-ce que cela changerait ? C'était de toute façon ce qui allait arriver si elle restait là à attendre !

Un nouveau tir de Daniel au milieu des roseaux finit par la décider. Claire se laissa basculer vers l'avant, plongea la tête sous l'eau et entreprit de nager au plus près du fond de l'étang. Nager était un bien grand mot, elle rampait plutôt, tant les tiges entravaient ses mouvements. Elle se dirigeait au juger car même en ouvrant les yeux, elle ne voyait rien à cause de la vase.

Situation bien différente des séances de piscine hebdomadaires auxquelles elle s'astreignait tout au long de l'année. Le seul avantage qu'elle tirait de ses habitudes aquatiques était son aptitude à nager sous l'eau.

Dan Lachard ne remarqua qu'au dernier moment les bulles tout près de la barque. Avec le pistolet, il tira à la verticale. Trop tard ! Claire était passée sous l'embarcation. Il ne comprit pas immédiatement le roulis de plus en plus fort. Sous l'eau, Claire remuait la barque. En raison de sa station debout, Dan Lachard perdit l'équilibre. Il aperçut la tête de Claire qui émergeait, à l'instant même où il bascula dans l'eau.

Le temps de remplir ses poumons en retrouvant l'air libre, Claire comprit qu'elle avait réussi. La reprise de l'avantage la galvanisa. Elle oublia toutes les éventualités et les questions associées. Avait-il encore son arme ? Un pistolet fonctionnait-il après être tombé dans l'eau ? Seule comptait la vie de ses enfants. Elle vit tout à coup Daniel réapparaître de l'autre côté de la barque, puis la contourner.

Tous les deux avaient de l'eau jusqu'à la taille. Claire décrocha la rame de son côté. Elle devait empêcher ce monstre de tuer ses enfants.

Elle oublia sa blessure au bras. Elle souleva la rame à deux mains. Elle ne ressentait plus aucune douleur. Elle laissa le monstre approcher et lui abattit la pelle de la rame sur le crâne juste avant qu'il se jette sur elle. Il s'écroula.

Dan Lachard ressortit la tête de l'eau. Claire ne lui laissa pas le temps de réagir. Elle frappa de nouveau.

Ne pas réfléchir ! Sauver Maxence, Emma et Louise.

Quand Dan Lachard s'effondra de nouveau, Claire lâcha la rame et se précipita sur lui. Cette fois, elle l'empêcha de se relever. Elle l'attrapa par le cou, puis se jeta en avant pour lui enfoncer la tête sous l'eau. Elle l'immobilisa en dessous d'elle.

Lorsque les bulles remontèrent à la surface, elle comprit qu'elle avait réussi. Elle attendit de ne rencontrer plus aucune résistance pour le lâcher.

Elle avait dépensé toute l'énergie qu'elle était allée puiser au plus profond d'elle-même. Claire était désormais incapable de faire le moindre mouvement. Tout se mit à tourner autour d'elle. Jamais elle n'arriverait à marcher ou à nager jusqu'à la berge !

Son corps n'était plus que souffrance. Ses jambes ne la portaient plus et elle n'arrivait pas non plus à nager. Elle aussi allait se noyer.

Elle fut bien incapable d'apercevoir la silhouette qui dévalait la pente.

Bruno se précipita dans l'étang. Il arriva près d'elle juste à temps pour lui sortir la tête de l'eau. Il la tira jusqu'à la berge. Il l'étendit sur le dos. Il vit la lèvre éclatée et la blessure au bras. Mais Claire respirait. Elle était vivante. Elle réussit même à parler :

— Mes enfants ! Il voulait tuer mes enfants !

Bruno regarda la barque qui dérivait. Il ignorait que, près des roseaux, le corps d'un noyé nommé Dan Lachard reposait sur le fond de l'étang.

Les deux policiers surgirent, l'arme au poing. Le dernier coup de feu les avait guidés jusqu'à l'étang. Le capitaine Pichat arrivait de la Bergerie et la lieutenante stagiaire Vinay n'avait pas pu se résoudre à rester près de la voiture à attendre. Pour la première fois de sa courte carrière, elle avait désobéi.

— Martel, levez les bras ! ordonna le capitaine de police. Et bien en l'air !

Bruno n'obéit pas. Il passa au contraire la paume de sa main sous la nuque de Claire.

Mouvement dangereux quand un policier vous demande de lever les bras !

Heureusement, Pichat n'était pas du genre à jouer les cowboys. Il laissa Bruno poursuivre son geste. Depuis le dernier rebondissement, il savait que le professeur d'histoire n'était pas dangereux. En effet, le second motard n'était pas mort. L'information avait été cachée à la presse. Il était sorti du coma, la veille. Ce matin, il avait enfin pu parler et reconnaître sur une photo le visage de celui qui lui avait tiré dessus depuis la place arrière de la Mini.

Bruno ne pouvait pas détourner le regard du visage de celle qu'il aimait. Il aurait voulu lui dire tant de choses, mais n'y parvenait pas tant il avait la gorge serrée. Claire non plus n'avait pas la force de parler, mais ses yeux le faisaient à sa place.

Face à cette scène émouvante, la lieutenante

Vinay eut beaucoup de mal à retenir une larme.

Le capitaine Pichat s'approcha de Bruno.

– Les secours sont prévenus, lui dit-il. Ils vont arriver. Il faut vous relever maintenant.

Claire entrouvrit ses lèvres tuméfiées. Elle réussit à murmurer :

– Reste avec moi Bruno. J'ai tellement besoin de toi, avec tout ce qui m'attend !

Fin de la saison 2

FIN

Retrouvez Claire et Bruno dans
Rédemptions
(du même auteur).

Remerciements

à

Annie qui a contribué par ses dessins à illustrer de nombreux épisodes et qui a vérifié chaque publication avant sa mise en ligne,

vous toutes et tous, lectrices et lecteurs, qui avez suivi quotidiennement la diffusion des épisodes de cette histoire sous forme de roman-feuilleton sur les réseaux sociaux du 19 mars au 15 mai 2020.

Le Prisonnier
de l'île aux pêcheurs

*Page de couverture du roman-feuilleton
sur les réseaux sociaux.*

LA GENÈSE DU ROMAN-FEUILLETON PAR L'AUTEUR

La décision du confinement de la population est annoncée le lundi 16 mars 2020 pour le lendemain midi.

Mes rendez-vous d'auteur, salons et séances de dédicace sont annulés. Comment garder le contact avec les lecteurs ?

Par une étrange coïncidence, quelques jours auparavant, j'avais pensé à Eugène Sue et à Hergé. Chacun d'eux, à sa façon, avait d'abord publié ses écrits sous forme de feuilleton dans les journaux. Réflexions…

L'idée fait son chemin. Je suis en cours d'écriture d'un nouveau roman. Il est déjà bien avancé. Le publier sous forme de feuilleton sur les réseaux sociaux ? Non, je veux partir d'une page blanche. Depuis longtemps, j'ai en tête un huis clos. Attention à ne pas tomber dans le plagiat de *Dix Petits Nègres* d'Agatha Christie ! En revanche, le feuilleton télévisé britannique des années soixante, *Le Prisonnier* avec Patrick Mc Goohan, m'a toujours fait rêver. Le point de départ est donc trouvé. J'ai un fil conducteur : des prisonniers qui ignorent la raison de leur captivité sur une île inconnue. Le personnage de Bruno naît dans ma tête. J'ai vu au cinéma, une semaine avant la fermeture des salles, le film *De Gaulle* de Gabriel Le Bomin. Je suis prêt pour écrire le premier épisode. Il est publié le 19 mars sur Facebook sur une page dédiée *Le Prisonnier de l'île aux pécheurs*. Quelques jours plus tard, mon blog, Instagram et Twitter l'accueilleront à leur tour.

Le défi est lancé : assumer l'écriture et les publications jusqu'à la fin du confinement. Au début, le rendez-vous n'est pas quotidien, je veux me garder du temps pour écrire les épisodes. Mais les abonnés arrivent, de plus en plus nombreux. Ils dépasseront les 700, tous réseaux confondus. Ils réclament une fréquence plus élevée. Mon imagination fonctionne bien, je décide donc de les contenter en passant à une publication quotidienne.

J'intensifie mes journées d'écriture pour prendre plusieurs épisodes d'avance, ça rassure.

Le Dauphiné-Libéré du 20 avril m'apporte de nouveaux lecteurs en consacrant un article au feuilleton.

Le dernier épisode, le numéro 29, est presque prêt. Ce sera la fin de l'histoire. Je ne sais pas encore si je vais faire mourir Bruno.

L'annonce est faite aux lecteurs : « le lundi 20 avril, le mot FIN s'affichera en bas de la page ». Tollé général, d'autant que le confinement est prolongé jusqu'au 11 mai.

J'ai déjà plein d'idées pour une suite. On quitterait le huis clos pour un road-movie, je me suis pris au jeu. C'est tentant.

Je m'amuse avec les lecteurs avec des propos

à double sens. Le 20 avril, j'ajoute « de la saison 1 » au mot fin et annonce une saison 2.

Je suis parti une nouvelle fois d'une page blanche en visant le 11 mai pour la fin de la saison 2. Je n'ai aucune idée comment tout cela va se terminer. Je me laisse porter par mes personnages. Avec le recul, je ne le regrette pas.

Je m'attache à Claire, au point de beaucoup plus fouiller son personnage que celui de Bruno. Elle a d'ailleurs besoin d'être soutenue car, au vu des commentaires sur les réseaux, elle est loin de faire l'unanimité chez les lectrices.

Mon inspiration me fait dépasser la date du 11 mai de quatre jours.

Le vendredi 15 mai, le feuilleton se termine. Une belle aventure aussi.

La fin choisie me permet de laisser la porte ouverte à une possible suite. J'en ai très envie et les lecteurs aussi[1]. Alors sait-on jamais !

---

[1] Note de l'auteur : ce fut le cas. L'année suivante, j'écrivais *Rédemptions*, roman dans lequel on retrouve Claire et Bruno.

www.ingramcontent.com/pod-product-compliance
Lightning Source LLC
LaVergne TN
LVHW091703190726
843493LV00001B/124